新潮文庫

樽とタタン

中島京子著

新潮社版

11336

目次

樽とタタン

「はくい・なを」さんの一日

わたしに「タタン」というあだ名をつけたのは、あごに長い白いひげをたくわえた、おじいさんの小説家だった。

三歳から十二歳まで住んでいた小さな町の、小さな喫茶店で小説家と知り合った。九年間暮らしたその町について、覚えていることはあまり多くないが、その大半があの喫茶店での出来事なのは、どうしてなのか。住んでいたのは、郊外の団地だったが、似たような家族がそっくりの間取りの家にひしめくように暮らすその場所のことはさほど思い出さない。いずれにしても、あの町を離れてもう三十年以上経《た》つ。

坂の下にあった一軒の喫茶店には、週刊誌や角のめくれた漫画があり、コーヒーの匂《にお》いがたちこめていた。店はそのころには珍しく喫煙が禁止で、その代わり、奥にあるドアを開けて裏庭に出るとドラム缶を逆さにしたテーブルもどきが置いてあり、喫煙者はいつもそこで立ったままうまそうに煙草《たばこ》を吸っていた。店がにぎわうことはたいしてなかったが、途切れることなく誰かが来て静かに時間を過ごしたり、何か話し込んだりしていた。

小学生だったわたしは、毎日その店に通っていた。学校が終わると家に帰らずに坂の下の喫茶店に行った。喫茶店にはほかに子供はいなかった。面倒見のいい女の人もいなかった。ただ、そのときそのときの客と、無口なマスターがいるばかりだった。わたしの両親は共働きだったので、保育所代わりに預けられていたのだ。六時ごろになると、仕事を終えた母が迎えにあらわれて、一杯だけコーヒーを飲む。わたしもホットミルクやコカ・コーラがもらえて、二人でいっしょに家に帰る。母とマスターが交わしていたのは挨拶《あいさつ》くらいで、親しそうに話している姿なども思い浮かばないが、学童年齢の娘を預かるという、あれはいったいどういう種類の契約だったのだろう。

おとなしくしているなら、つまり、店の備品やカップを割ったり、大声で泣いたり走ったり、店の客を怒らせたりしなければ、わたしはそこで何をしていてもいいことになっていた。そしてわたしはたいてい何もしなかった。

店の隅っこに赤い大きな樽《たる》があった。コーヒー豆を入れていた樽を、店の装飾用に手に入れて赤いペンキを塗ったのだろう。樽の腹には真ん丸く穴が空いていたので、体が小さかったころはそこから樽の中に入ってじっとしていた。本を持って入ることもあったが、何もなくても、狭い場所でじっとしていられれば幸せな子供だった。少し体が大きくなると、マスターが日曜大工で樽を椅子《いす》に作り替えてくれたので、同じ店の隅の赤い椅子に座って本を読んだりうつらうつらしたり、好きなだけそこでじっとしていた。

白いひげの小説家はその店の常連の一人で、わたしを樽の中に見つけると時々声をかけてくれた。

「おまえさん」

と、彼はわたしを呼んだ。

「いつも樽といっしょにいるんだね。樽とおまえさんは一心同体だね。樽といっしょなら、タタンと呼ぼうかな。樽とタタン。いつもいっしょ。おまえさんには姉さんか妹がいるだろう？」

わたしは樽の中でうん、とうなずいた。

実際には姉も妹もいなかったが、自分に双子の姉がいるという想像をするのが好きだったからだ。

「そうだ。タタンは姉妹なんだ。お菓子を作るのがうまいんだ。失敗作すらうまいんだ。おまえさんもお菓子を作るのはうまいんだろうね」

わたしは樽の中でうん、とうなずいた。

実際には一度も作ったことがなかったが。

以来、わたしはその店で「タタン」と呼ばれることになった。


小説家のおじいさんは近くに住んでいて、しばしば「打ち合わせ」と称して店に誰かとやってきた。その日、伴っていたのは少し狐《きつね》に似た雰囲気の女性編集者だった。

彼女が持ってきた雑誌を見せられると、

「コリゲッポー」

と、おじいさんはその表紙の題字を叩《たた》いて言った。

「なるほどページを繰れども狐と狸《たぬき》の逸話ばかりですが、その、あなたのご依頼というのも、狸や狐に何か関係があるのですか」

小説家は樽の中のわたしにちょっとウィンクするようなまなざしを投げつつそう言った。雑誌の表紙には白無垢《しろむく》を着た狐の絵があった。雑誌の名前は『狐狸月報』というものだったに違いない。

女性編集者は、小さな狐顔を困ったように歪《ゆが》めて、

「先生にお手紙でお願いした件に関しては、とくに狐や狸とは関係ないのです。とい

うよりもその人物に関しては、私にもよくわからないのです」

「よくわからない。よくわからないけれども、はくい・なをという女性について、わたしに小説を書けとおっしゃるのでしょうか」

「いえ、どうしてもその女性についてでなければならないということでもないのです。私どもとしては、ぜひ先生に『狐狸月報』で新作を書いていただきたいというようなわけでございまして、はくい・なをについてお話ししたのは、たとえばこんな話もあるよと」

「しかし、あなたのくれた手紙では、ぜひ書いて欲しい人物を見つけた、はくい・なをという名前である、これはたいへんよい小説になりそうだ、詳しくはお目にかかってお話ししたいと書いてあったのだから、いまになって、どうしてもそうでなければならないこともないとはまた、コリゲッポーならではというか、こちらこそ化かされたような話ではありませんか」

白ひげの小説家は不満そうに指摘した。

そして苦々しくつけくわえた。

「そもそも、これを題材にしてほしいとか、私の先祖の何さんを書いてほしいとかいう話は物書きにとっちゃあ爆弾みたいなものですよ。持ってくる人の思い入れが強すぎて、いざこちらが小説を書こうとすると、ここが違う、あそこが違う、そんな人物ではなかった、そんな話し方はしなかった、着物が違う、履物のサイズが違うと、難癖をつけられるに決まっている。だから、もう、この話はなかったことにいたしましょう」

そう言って、小説家は鼻からふうと息を吐き出し、腕を組んで目をつむる。白ひげの小説家はそういう物言いが好きだった。小説家などというものは、気難しそうにしてないと仕事が来ないものなんだと、こっそりマスターに打ち明けていたこともある。わたしがそんな小説家から女の編集者に目を移すと、あろうことか、彼女は瞬く間《またたくま》に変貌《へんぼう》していた。

といっても、狐や狸に変身していたわけではない。彼女は静かに泣いていたのだった。声をあまり立てないで、押し殺すようにして、泣いていたのだった。

私はこう見えて戦後生まれですと、その女編集者は涙を拭《ぬぐ》って言った。

「いや、そう見えますよ」

と、面食らった小説家が答えた。

「いくつに見えますか」

女編集者は詰め寄った。

小説家は困ったまま、樽の中のわたしに向かって目をきょろきょろ回してみせた。女の年を言い当てるのはデリケートな作業だと、老人なりに知っている様子だった。

「わたしよりはかなり下とお見受けする」

小説家は言葉を濁した。

「私は今年、三十三になるのです」

女編集者は、それでもまだ少し嗚咽《おえつ》をこらえるようにそう言った。

「私には母の記憶がございません。ほんとうのことを言いますと、父の記憶もまるきりひとつもないのです。それは私が生まれたような時代には、そう珍しいことでもありません。小学校の同級生には施設から通っている子も何人かおりました。終戦直後とはそういう時代でした」

「それでは、ええと、おまえさん」

「ユミカワとお呼びください」

「ユミカワさん、お探しのはくい・なをという人物は、おまえさんのお母さんかね」

「そうだかどうだかわかりません」

「どうだかわからない」

「少し、話が複雑になるのです」

女編集者はハンドバッグから小さなガーゼのハンケチを取り出し、失礼いたしますと断ると、ちんと鼻をかんだ。

彼女は東京の下町で乾物屋を営む夫婦に育てられ、都立高校から大学まで通い、大学で知り合ったユミカワ氏と恋愛結婚したが、ユミカワ氏の生家は都内で小さな出版社・狐狸出版を経営していて、いまは舅《しゅうと》の後をついで社長になった夫と二人でその会社を切り盛りしているのだという。

数年前に彼女は生涯を乾物屋として過ごした父親を見送った。

「一人になった母は気丈に乾物屋を続けておりましたが、七十五を過ぎましてからいろいろ問題が出てまいりまして、さすがに弱っているのを自覚したのでしょうか、タネコ、おまえに話しておきたいことがある、というのです」

「その、話というのがはくい・なをの……」

「まあ、そうといえばいえる話でもありますが」

小説家が先を急いだと思ったのか、少し気分を害したようにこころもち顎《あご》を上げ、横を向いて、彼女は続けた。ようするに話したいのは自分の母親のことで、作家に連載を持ちかけるというのは、要件の中では二の次のようなものだったのかもしれない。

ユミカワタネコという名であるらしい女編集者が母親に呼び出されて乾物屋に出か

けてみると、店と居住空間を分ける上《あが》り框《かまち》に母親は倒れていて、ハァハァと喘《あえ》ぐような息をしていた。驚いて額に手を当てると熱があり、大慌《おおあわ》てで救急車を呼んだという。

「数日前から具合が悪かったのでしょう。もっと早く行っていればよかったのにと自分を責めましたが、嚥下《えんげ》性肺炎《せいはいえん》とのことで、母は病院で亡《な》くなってしまいました」

「なんと。それは、ご愁傷さまでした」

「もう二年前のことになります。でも、病院で夢とうつつを行き来するような一週間ほどの間に、母は何かを話そうとはしてくれました。苦しそうな口もとに耳を寄せると、神棚に、と言おうとして咳込《せきこ》むことがありましたので、神棚に遺言でも隠しておいたのかと思って、母が死んだ後に神棚を覗《のぞ》いてみましたが何もありませんでした。それでまあ、そのままにしていたのですが、先日三回忌がありまして、そのことを親《しん》戚《せき》に話しておりましたら、親戚、と言っても、もう母よりも年かさの親戚はほとんど鬼籍に入っておりますので、古いことを知っている者は一人もおりませんが、それでも中の一人が、それは『神棚に』ではなくて、『神頼み』と言ったのではないかと、こう、思いついたわけです」

「神頼み」

「はい。神棚は商売のために、仏壇も先祖供養《くよう》のために、母も持ってはおりましたが、さほど熱心に信心する姿も見たことがありません。ところがその親戚が言うのには、晩年になって母は新興宗教のようなものにハマっていたのではないかと。それで私も怖くなってきて、そのままにしておいた乾物屋のあれこれを、最近になって整理するにいたったわけです」

幸いなことにと言うべきだろうか、ユミカワタネコの老いた母親が、新興宗教にハマっているということはなかった。

しかし、晩年になって比較的頻繁に、イソザキジンペイという人物と手紙を交換していることがわかったという。そのイソザキジンペイという人は、神田和泉町《いずみちょう》に住む別の乾物屋で、タネコは母が懇意にしていたその人を、

「神田の兄さん」

と呼んでいたことを、俄《にわ》かに思い出したのだった。

「神田の兄さん？」

「ええ。神田の兄さん。ですから、『神棚に』ではなくて、『神田のにぃ』あたりで、母はひっくり返ったのではないかと思えてきたのです」

「なるほど、『神田のにぃ』」

「その手紙の内容というのが、はくい・なをに関するものだったのです」

タネコの母とイソザキジンペイなる人物の間に交わされた手紙の中に、「はくい・なを」は出現した。

「『なをさんの消息については、自分もわからないが、それはスゲちゃんがそう考えるのであれば、タネちゃんにはきちんと知らせるべきだろう、遅きに失したというようなことはない。タネちゃんにとって、スゲちゃんは紛れもない母親であるから、いまさら二人の間がぎくしゃくすることもないし、それよりもスゲちゃんの心の負担を取り除くことが、あんたの養生のためにもいい』と、そんなふうに手紙には書いてありました」

「スゲちゃんというのは」

「私の母の名前です」

「しかし、それだけの内容では何もわかりませんね」

「『タネちゃんのことで、なをさんがあらわれたときは、〝はくい〟という姓を名乗っていたのじゃなかったか』というのも、他の手紙で書かれておりました。もちろん、それだけでは何が何やらわからないのですが、私自身にはぴんときたところがありました。だってね、娘ですから。娘として三十年以上いっしょにいたわけですから、ああ、私はこの人のほんとの娘じゃないんだなと思ったことが、何度かあったわけです」

「なるほど」

「だいいち、母が私を生んだとすれば四十半ばを過ぎてた計算になります。ないことではないかもしれませんが、相当な高齢出産です。それから、子どもなら誰でも、自分は橋の下で拾われてきたんじゃないかという想像をすると言います。昔の親は、怒ると『お前は橋の下で拾ってきたんだよ』なんて、平気で言いましたからね」

「すると、おタネさんも、そういうことを言われたわけですか」

いつのまにか作家は女編集者をそんなふうに呼び始めた。

「いや、むしろ、言われないことが何かを感じさせたといいますか。言いたそうにして、こればっかりは言っちゃいけないと、あわてて黙るような場面を思い出します」

決定的に、疑問を抱かせたのは、血液型の違いだったと、ユミカワタネコは言った。

「私が大学生のときに、父が交通事故に遭いまして。緊急輸血が必要というので駆けつけたのですが、私の血では役に立ちませんでした。父はA型で、母もA型だったのですが、家族の中で私だけがB型でした。血縁関係がないことは、この時点ではっきりわかりました。母は何かを言おうとしたかもしれないのですが、そのときは父の事故のことで頭がいっぱいだったので、問い詰めるようなことはせず、そのままになりました」

ユミカワタネコは下を向き、ハンケチをたたんだり、開いたりした。もう、目に涙は見られなかったが、何かを思い出しているように少しだけ沈黙した。

そのとき十やそこらのわたしには、三十歳を迎えるとどんな感慨があるのか、その年齢で自分には本当の親がべつにいると言われるとどういう気持ちがするのか、そんなことを想像しようと思っても、うまくいかなかった。ただ、なんだか山口百恵の出てくるドラマみたいな話だなと思ったりした。彼女は、窓の外に目を移したまま、こんなふうに言った。

「ところで、十一月二十日が何の日だか、ご存知ですか」

「二十三日は勤労感謝の日」

わたしは思わず樽の中から声を上げた。

そのころ、わたしは国民の祝日を覚えることになにか特別の喜びを見出《みいだ》していた。

ユミカワタネコはびっくりして樽を凝視したが、やがてその場の主導権を握り返し、

「ええ、でも、二十日は何の日でしょう」

と、重ねて小説家にたずねた。

「おタネさんのお母さんの祥月《しょうつき》命日？」

タネコは首を左右に振った。

「じつは、『いいかんぶつの日』なんです」

「乾物？」

「乾物を干しものと書いた場合、干物の『干』の字が『十』と『一』で成り立ち、乾物の『乾』の字は『十』『日』『十』『乞』でできているので、組み合わせると『十一月二十日にかんぶつを乞《こ》う』と読むことができるため、この日は『いいかんぶつの日』となったのです」

「乾物を乞う？」

「ほかの、とんでもないごろ合わせより、いくらかましかと思うのですが」

そうかどうかはわからない、とわたしは思った。タネコは続けた。

亡くなった母親が、娘に実母のことを話そうと思っていたのかどうか、手紙の文面だけでは定かでなかったが、いずれにしても何かを話そうとし、そのことを「神田の兄さん」に相談していたと思われたので、イソザキジンペイ氏を訪ねてみることにした。

「訪ね当ててみるとそこは、イソザキジンペイ氏の家ではなく、内神田にある『日本かんぶつ学会』の事務局だったのです」

「奇《く》しくもその日は十一月二十日でありました。つまりは、『いいかんぶつの日』に、私は『日本かんぶつ学会』を訪れた。一年ほど前には会長の職にあったイソザキジンペイ氏に会うためでした。私は事務局の方に、乾物について豊富で有意義な説明を受け、かんぶつマスターの資格を取得しようかと思うまでに乾物の魅力に圧倒されたわけですが、つまるところ、そこに神田の兄さんはおらず、結局は神田の兄さんの息子で、もはや乾物屋ではない男性の連絡先を得るにとどまったのです」

しかも、乾物屋ではないところの神田の兄さんの息子にようやく連絡を取ってみれば、イソザキジンペイは逝去した旨《むね》の、あっさりした返事が来たという。

「神田の兄さんは、私の母より十以上年上の方だそうですから、それも仕方がないことだとは思うのですが、こうしてみると、あちらでもこちらでも人は逝《い》き、残された者は何も知らないままに生きている。それが現実なのだと思うようになりまして」

タネコは、そう言って、何を思ったか静かに目を閉じた。

だから、わたしも彼女の言ったことを、ちょっと考えてみる気持ちになった。

あちらでもこちらでも人は逝き、残された者は何も知らないままに生きている。

それがわたしたちの現実だというのなら、たしかにそのような現実を我々は生きている。結局、残されたものに手渡される真実など、何ほどのものだろうか。記憶の記憶を手繰り寄せ、合間合間を想像と妄想で繋《つな》ぎ合わせて、わたしたちはわたしたちの物語を作っていくしかないのだとしたら。

そのようなことを樽の中で十歳のわたしが思ったかどうかは定かではないが、この話を思い出すとき、わたしはいまも、彼女の言葉をはっきりと思い出す。

タネコはおもむろに目を開いて、小説家に向かって封筒に入った紙資料のようなものを差し出した。

「だから、これは、真実を知らない者の、仮定に仮定を重ねた推測にすぎません。私は自分のほんとうの親が誰だか、わからない。はくい・なを、という女性が私のほんとうの母なのかどうかもわからない。それでも気になって、調べてみたんです、この名前の女性のことを。そういうと、私が彼女に関する情報をしらみつぶしに調べたような印象を与えるかと思うのですが、そうしたわけでもないのです。ただ、その名前がずっと心にひっかかっていた。気になっていた。そんな中で、私はこのようなものを見つけたわけです」

彼女が目で促すので、小説家は封筒の中から一冊の古い雑誌を取りだした。

「根津の古本屋で見つけたのです。晴れた気持ちのいい秋の日で、そのときは母のこともはくい・なをのことも頭になく、ただちょっと散歩をしてみよう、くらいの気持ちで、出かけて行きました。だから、それは偶然に、私のもとへやってきたのです」

と、タネコは言った。

「不忍《しのばず》通りを赤札堂から少し上がって左へ折れ、住宅が続く路地を行くとありましてね。前から行ってみたかったんです。その日はガラスの引き戸も開けっ放しにして、虫干しのように本を並べていました。店主は作務衣《さむえ》にパナマ帽という妙な出で立ちで、馴染《なじ》みらしい客と立ち話をしていました。一つ一つの商品には丁寧にパラフィン紙がかけてありました。なぜ、その一冊に惹《ひ》かれたかといえば、たぶん、その表紙だろうと思います」

表紙には独特のロゴで誌名が書いてあった。

「スムイタ本日」

樽の中からわたしは読みあげた。わたしにも読める雑誌名であることがうれしかった。

「日本タイムス」

タネコは小さく咳払いをして訂正した。

もちろん、文字は右から読むべきなのだった。しかし、そんなことは小学生のわたしは知らなかったし、せっかく読み上げたのに褒めてもらえずうらめしかったことを思い出す。小説家はそれを手に取って、驚いたように少し口を開けた。それから目を落として、青い敷物の上に座って本を読んでいるギンガムチェックのシャツを着た女性の絵に見入った。

「田野《たの》鹿次郎《しかじろう》ですよ」

タネコは小説家の驚きの理由がわかると言わんばかりに目を細めた。

「おう、ほんとうだ。これは田野鹿次郎だね」

「いまとは少しタッチが違いますが、独特の絵ですからね、御覧になればわかる方にはわかりますでしょう」

わたしは樽の中から首をつき出して、表紙を見た。ペンでざっくりと描かれた女性の絵に、色をつけているのはクレヨンのように見えた。

「一九四六年」

小説家は発行年を読んだようだった。

タネコは編集者らしく、嬉々《きき》として表紙の女性が手にした本を指さした。

「いまはほら、田野鹿次郎といえば、街の風景が多いでしょう。こういうペンを使って、ささっと街角を描いたり、英字新聞を描いたり。だけど、こうしてみると人物画もいでしょう。私は田野鹿次郎のファンなんです。それでこの雑誌が目に留まりまして」

「この雑誌に何が書いてあるのですか」

小説家は落ち着かない様子でたずねた。

タネコは、つと、細い指を伸ばして、目次の中のあるタイトルを指した。

「羽咋直さんの一日」

そこにはそう、書いてあった。

白髭《しろひげ》の小説家は、そのタイトルに目を落とし、それから、

「おっ」

と小さく声を上げた。

「はい」

タネコは、目を三日月のような形にして微笑《ほほえ》みながら続けた。

「たしかに、はくい・なを、と読めるでしょう」

「それは読めますがね」

「もちろんね、世の中には同姓同名なんて人はたくさんいますし、この羽咋直が、あのはくい・なをかどうかは、まったくわからないんです。だって、どういう字を書く

のかなんて、母も神田の兄さんも書き残してないんですからね。それでもどうしてもねえ。気になりますでしょう」

白ひげの小説家はもうその雑誌から目を離さなかった。

「羽咋直さんの一日」と題するその小文には、羽咋直という二十代の女性が生き生きと戦後の東京を生き抜く姿が活写されていたらしい。羽咋直さんは、それはそれは人目を惹く美しい女性で、有楽町のガード下で客を引いたりもするけれども、昼間は空き地でトマトなども育てていて、まとわりつく浮浪児たちには優しい姉となり、愚痴も涙もこぼさずたくましく生きている。

そういう一日がそこに描かれていると、わたしが知ったのはタネコが小説家に丁寧に頭を下げて帰っていった後のことだ。

「先生、それではこの女性について、書いていただけますでしょうか」

すがるような眼をして、タネコは言った。

書く、とも、書かない、とも言わなかったが、小説家はその雑誌を受け取って、

「考えてみましょう」

と返事をし、それを聞いたタネコは目に希望を漲《みなぎ》らせて喫茶店を出て行った。

「タタンちゃんや、ちょいと出ておいで」

タネコが帰ると小説家はわたしを樽の中から呼びだし、裏のドアを開けて煙草を吸いに出た。あのころは副流煙が体に悪いなんて話も聞かなかったから、大人たちは子供に煙を吸わせても、てんで平気だった。小説家はわたしをひょいと抱き上げると、ドラム缶の上に腰掛けさせた。

「はてさて」

と、彼は言った。

「こんなものが出てくるなんて、どうしたらいいかね。おまえさんはどう思う？」

わたしには意見なんてものはなかったし、彼も本心から小学生の意見を聞こうと思っているわけではなかったのだろう。「羽咋直さんの一日」の内容を、べらべらしゃべってくれたのはこのときだ。

「すっかり忘れてたよ。三十年以上前に書いたもののことなんてさ」

小説家は目を細めて、口から煙を吐き出した。

「あれは戦後すぐに出たカストリ雑誌の一冊で、あのころはアタシはこんな有名な作家じゃなくてさ、無名でね、なんでもいいから書き飛ばしてたんだ。もちろんペンネームだっていい加減なもんだ。いまとはぜんぜん違う名前でね。有楽町のガード下で働く娘のことを、こう、なんというか、好意的に書いてくれと頼まれてねえ、取材もしないで書いちゃったんだ。ともかく美人が潑剌《はつらつ》と生きていりゃあいいんだろうと、明るいイメージをつなぎ合わせて書いたんだ。だから、羽咋直なんて人は、もとからいやしないんだ」

わたしはちょっと混乱して、わからない、という顔をしてみせたのだろう。小説家はかぶせるように続けた。

「いや、あの人の母親かもしれないという女性は、実際いたのかもしれないし、そんな名前だったのかもしれない。だけども、この『日本タイムス』の記事は、アタシがでっち上げたものだっていう話だよ。だから、この記事とあの人のお母さんには、なんのつながりもない。だけど、不思議なのは、どうしてこんなふうにして、アタシに尻《しり》が持ち込まれたかってことさ。小説家は、一度書いちゃったものに責任があるということなのか。いつからこの女はアタシの手を離れて、一人歩きを始めたものかねえ」

そう言うと、小説家は咥《くわ》え煙草で、もう一度『日本タイムス』の「羽咋直さんの一日」を見つめ、そのまますいぶん長いこと黙っていた。

「ハクイはテキヤの隠語できれいってことだ。ナオはナゴといっしょで女のことだ。だから、この名前はべっぴんという意味である」

小説家はまだいくらか長さのある煙草を地面に落として足でもみ消すと、わたしをドラム缶から降ろして店に入り、

「ごっそうさん」

とマスターに声をかけて帰っていった。

困ったことに、わたしはその小説家の名前を覚えていない。みんなは彼を「先生」と呼んでいたし、わたしたちは自己紹介しあう仲でもなかった。だから、作家が「羽咋直」についてもう一度なにか書いたかどうかもわからない。あのころですら白髪白ひげのおじいさんだった小説家は、もうとうに鬼籍に入ったはずだ。

あれから三十年以上経つ。

いまも、あちらでもこちらでも人は逝き、残された者は何も知らないままに生きている。

ずっと前からここにいる

店があったのは坂の下だった。

学校帰りにその喫茶店に行くのは、毎日の習慣だったが、常連客の多いその店でも、日によってメンツはそれなりに代わった。しょっちゅう来ていたのに、急に来なくなった客もあったし、定期的に水曜日の午後四時に現れる、といったタイプの客もいた。

頬杖《ほおづえ》をつきながらあのころのことを思い出していると、鮮明に浮かび上がってくる顔がいくつもあって、あれからずいぶん時間も経《た》っているのに不思議なものだと思うのだが、人は今現在よりも昔のことのほうをはっきり覚えているものだともいうから、老いの兆候としてはべつに珍しいことでもないのかもしれない。

店にインテリア代わりに置かれたコーヒー豆の樽《たる》の中に、ずっと座っているわたしに、「タタン」というあだ名をつけた老小説家は、二、三日に一度、現れた。この人は気分のムラが激しいので、不愉快そうにコーヒーを一杯飲んだだけで帰ってしまう日もあれば、なんやかやとおしゃべりしながらいつまでもいることもあった。あの人は少し躁鬱《そううつ》の気があったのじゃないかと思う。

声の甲高い神主と、歌舞伎《かぶき》役者の卵のトミーもしょっちゅう来ていた。二人で現れるわりに話しているのがいつも神主のようだったのは、やはりその声のせいだったのだろうか。ひょっとしたらいい声をしていたのかもしれないトミーのほうの話し方は、ちょっとにわかには思い出せない。もう一人、ただ黙々とコーヒーを飲んで帰る学者がいた。

常連の顔も、少しずつ入れ替わったりした。

マスターは黒くてつやつやした髪の毛をオールバックにした寡黙《かもく》な人だった。いわゆる常連の顔も忘れ難いが、ある日とつぜん店にやってきて、強い印象を残した人もいる。いま、こうしてぼんやり考えているうち、唐突にある女性の姿がよみがえってきた。

もし、彼女の話がほんとうならば、彼女はいまどこに、どんな姿で存在するのだろう。

彼女は、ウェーブのかかった短い赤い髪をしていた。目の上にブルーのアイシャドウをつけ、唇にはぽってりと赤い紅を塗っていた。印象としては、赤い鼻でもつけていれば、マクドナルドのドナルドになりそうだった。日本人かどうかも定かではないような雰囲気だった。ただ、けっして若くはなく、いつのまにか年を数えることをやめてしまったとか、そんなふうな人物に見えた。

その女が店に現れたときは、マスターとわたししかいなかった。老小説家も、甲高い声の神主も、無口な学者もいなかった。

店の扉にはちりんちりんとうるさい音のする鈴がついていた。

記憶の中で彼女は、すとんとしたキャメルのコートを着ている。扉を開けて入ってきた女が、長いコートを脱いで椅子《いす》にかけたように思う。

店には入り口と裏庭に一本ずつ、小さなかわいい花をつけるミモザの木があって、ふわっと黄色い雲をかけるように咲いていたから、あの人が現れたのは春の初めだったのだろう。

コートの下に着ていたのは、黒いラップワンピースだった。ラップワンピースという言葉を、当時わたしは知らなかったけれど、少し垂れぎみの谷間が、くっきりとV字を描く胸元から覗《のぞ》き、腰をくるりと一周して結ばれたリボンの先が、スカートの合わせ目に沿って垂れていた。白いとがった膝頭《ひざがしら》が見えて、形のいい脛《すね》が伸びていたのを覚えている。ほどよく筋肉のついた脚の先にコンビのハイヒールがあった。体育が得意そうな脚だなとわたしは思った。いまなら、踊り出しそうな脚と、形容したかもしれない。

彼女はその上、サングラスまでかけていた。二人掛けの小さい卓の前に腰を下ろすと、サングラスを額の髪をかきあげるようにして頭に載せ、クラッチバッグから煙草《たばこ》の箱を取りだした。指先で二回ほど箱の尻《しり》を叩《たた》くと頭を飛びださせた一本を人差し指と中指でつまみ上げ、口の端に咥《くわ》えようとしてからテーブルの上の灰皿を目で探した。

「うち、禁煙で」

ぼそっとマスターが言い、女は少し困ったように顔をしかめて煙草を箱に戻した。

「コロンビア」

木の板に書かれたメニューを見ながら女が言った。

「ホット？」

と、マスターは聞き、女は他に何があるんだと言いたげにうなずいた。実際、コロンビアにアイスがあるわけではなかったと思う。豆の名前ばかりはずらずらとメニューに並んでいたけれども、並べた名前の最後に「アイスコーヒー」というのが確かにあって、それはマスターがアイスコーヒー用にブレンドしたものを使うことになっていた。

マスターは人差し指と中指をキスするみたいに口元に持っていき、それから、その二本の指を奥にあるドアの方向に向けた。小さめの木のドアには火のついた煙草と、人差し指だけつき出した拳《こぶし》のマーク、そう、葬儀場の方向を示すような絵が描かれていた。「外で」という、ぶっきらぼうな説明もついていた。女は、わかったわ、というように肩をすくめて、とりあえずコーヒーを待つことにしたようだった。

そのほんの一分もかかるかかからないかのやり取りの間、わたしはいつものように、喫茶店に置かれた赤い樽の中に座っていた。けれど目はまっすぐに、その黒い服の女性に向いていた。女の人は怖がっているようにも、泣いているようにも見えたからだ。

店にはいつもあまり大きくない音で音楽がかかっていた。けれど、誰もあまり注意して聴いてはいなかったし、話してはいけないという不文律があるわけでもなかった。

だからそのとき、鈴の音をさせて老小説家が店に足を踏み入れ、踏み入れた途端に何かを察して、マスターと身振りだけで会話した理由は、なぜだかわからないけれどもすっかり店の空気を変えてしまっていた女と、関係があることはあきらかだった。

老小説家はいつもの席に座り、身振りだけで注文を終えた。

老小説家とマスターが極力音を立てまいとしたのにもかかわらず、彼女は振り返って入ってきた人物を、じーっと見つめた。そのせいで、老小説家は顔をそらし、マスターに目で何かを訴え、二人の間に声なき会話がなされたとも言える。しばらく食い入るように見つめた後で、彼女は赤く染めた頭を左右に振った。

「違うわ」

という形に、彼女の口が動いたのを感じた。

握った拳を二つテーブルに置いて、思いつめたような顔をしている女性の前にカップが置かれた。それからマスターは、カウンターの奥に戻り、白髪白ひげの老作家のぶんに取り掛かった。小説家は、あえて彼女を見ないことにしているのか、いつもはあまり読まないスポーツ新聞を持ってきて座り、目を落としていたけれど、気になっているのは明らかだった。「違うわ」という彼女のつぶやきは、声にこそならなかったけれど、老小説家にも察することができたのだろう。自分が首実検の対象にされた居心地の悪さと、何がなんなのか知りたい気持ちとが、老人の中で喧嘩《けんか》しているみたいだった。ブレンドコーヒーが運ばれてくると、カップ&ソーサーがテーブルに置かれる音に少し驚いてマスターを見上げ、それから、コーヒーカップを白いひげに埋もれた口に運んで、熱すぎたのか、ちょっとむせてカップを離した。

彼女は最後の一啜《ひとすす》りを飲み終えてカップをソーサーに戻し、煙草の箱を持って立ち上がると、キャメルのコートを席に残したまんま、小さな戸を開けて裏庭に消えた。すると老小説家は、はじかれたように立ち上がりカウンターに近づいた。

「誰？」

小声で、マスターに訊《たず》ねた。マスターは相変わらず、口を失《な》くしたように首を左右に振って会話した。

「知らん人？」

マスターはうなずく。

「珍しいね。ここらの人間じゃない。何か用があって来たのかもしれないが、ここらは用なんかありそうな場所じゃない」

その喫茶店の周りにはとりたてて何があるというのでもなかった。とりあえず、バスの通りには面していて、三十分に一本くらいののんびりしたダイヤでバスが巡ってきたが、何軒か先にバイクの修理屋があり、角には煙草屋があり、次の停留所までの間に米屋が一軒あるくらいの、なんとも賑《にぎ》わいのない場所だった。坂の上には団地があったが、坂下のこのエリアには畑も多く、雑木林などもあり、古い家と、近くの工場で働く人たちの入るアパートが混在する、変哲もない東京郊外の風景だった。

マスターは何か言いたげに口をすぼめたが、実際に言ったのは、

「いらっしゃい」

だった。

鈴の音を鳴らして、無口な学者が入ってきたからだ。

あるいはひょっとしたら、客についてあれこれ品評すべきではないという倫理観が働いたのかもしれない。マスターは老小説家に向かってちょっと肩をすくめると、席についた学者にメニューを持って行った。考えてみたら、学者が注文するものも、いつも同じだとわかっていたはずなのに。

しかし、マスターがカウンターを出て、老小説家もそこから席へ戻ろうとしかけたタイミングで、裏庭に続くドアがぱたんと開き、サングラスをした例の女性が火のついた煙草を手に駆け込んできた。そして、店の真ん中辺りまで来て、サングラスをぐいとつかみ取り、隅の席に陣取った学者の姿を一瞥《いちべつ》すると、また同じように赤い髪を左右に振って、そのまま悲しげに立ち尽くした。

「すみません、灰が」

と、実際、ほんとうに気の毒そうにマスターが言った。煙草の先の長い灰がいまにも落ちそうだった。

女性は、店中の視線が彼女に集まっていることに気づいて、荒々しく息を吸い込みながら裏のドアからまた外に出て行った。

老小説家は、好奇心を止められなくなったのか、ポケットをまさぐって煙草を持参したことを確認すると後を追った。となると、わたしも樽を出て続かなければならない。

彼は一服つけるとき、必ず、

「タタンちゃん、ちょっと外へ行くかい」

と、勝手につけたあだ名でわたしを呼んで、おともに誘った。それは、この人が煙草を吸いに出るときの習慣だった。それで、あれやこれやわからない話をわたしにしながら時間をやり過ごすのだ。だから、その日もわたしは、のこのこ付いて行った。

しかし、扉を開けるとなんだかいつもと雰囲気が違っていて、灰皿の置かれたドラム缶から微妙に離れた位置に二人は立ち、女は建物の外壁のほうを、老人は裏庭の奥のブロック塀を見て、それぞれ火のついた煙草をくわえていた。老小説家はわたしを見ると、ちょっと変な顔をして、

「来ることないんだ。中にいなさいよ」

と、口から煙草を離して言った。

「あら、どうして。ここにいてよ、チビちゃん。そのほうがいいわ」

黒い服の女は口の端に煙草をくわえたまま、腕を組んでそう言った。

「その服で歩いたらそれだけで目立つよ。しかし」

そう言うと小説家は言葉を切って、髪やひげに比して黒い眉毛《まゆげ》の下の目を細めて続けた。

「よく似合ってるよ」

そう言って、老小説家は口ひげに隠れた口角をちょっと緩ませた。

なんだかいつもと違うなと感じながらも、店内に戻らずに、わたしは逆さに置かれたブリキのバケツに腰掛けた。彼ももう、中にいろとは言わなかった。子どもだし、ただそこにいるだけの、子犬や子猫とさして変わらない存在だと思うことにしたのだろう。

「服で目立ちゃしないわよ。コート着てるんだもの」

しかし実際は、彼女はコートを着ていなかった。一枚だけのラップワンピースは、春先のその時期には寒そうだったし、夏でもないのにサングラスもちぐはぐだった。けれど、わたしの覚えている彼女の、裏庭での姿はそうだった。赤い髪、黒いサングラス、胸の空いた黒いラップワンピース。

唐突に、壁から向き直りながら彼女はサングラスを頭の上にカチューシャのように挿した。

そうして外の光の中で見てみると、その女性の顔にはかなり皺《しわ》があるようだった。めりはりのあるきれいな体と顔の皺はアンバランスだった。でも、老小説家にとっては、あまり気にならないことだったかもしれない。あるいはむしろ、若い女よりは世代の近い彼女のほうが話しやすかったかもしれない。

「なにか、訳ありなのかなと思ってさ。アタシが入っていったら、こっち見て、なんか言ったろ。それからあの男ね。幹線道路沿いの研究所に勤めてる学者なんだが、あれのことも見て頭を振ったね。人を探してるのかい。ここらにいるはずの男なのかい」

普段よりも、老小説家は少し恰好《かっこう》つけているようでもあった。

何か答えようとして、彼女の顔はくしゃっとつぶしたみたいになった。

それから彼女は慌《あわ》ててサングラスをかけて、くしゃっとした顔が見えないようにした。

びっくりしたことに、老小説家は、普段は見せぬ敏捷《びんしょう》さで駆け寄った。そして、さっと彼女の肩を抱き、あごの下に女の赤い髪を当てるようにして、小さい女の子をなだめるように肩から二の腕を撫《な》でさすった。

「どうしたんだ。どっから来たんだ。何があったんだ。アタシが聞いちゃいけないかね。どういうことなんだか、話してみないかね」

老小説家は、一所懸命話しかけたが、女から返事はなかった。でも、そうして肩を抱かれているのが嫌なわけではないらしく、くすんくすんと鼻を啜ったりしながら、その姿勢を取り続けた。

やはり後から考えてみると、わたしはその場にいるべきではなかったのかもしれない。

しかし当時は、何一つ、そこにいてはいけない理由に思い至らなかったし、場の空気を読むということが苦手だったので、機嫌よくバケツに腰掛けていたものだった。

「なあ、どうしたんだ。何があった。アタシじゃダメかね。え？」

そう繰り返す、老小説家の息遣いは、少しずつ荒くなっていった。

「なあ、ん？　話してみないかね。ん？　ここじゃあ、嫌か。ん？　そうか、そうか。ここじゃあ、話す気になれないかね。ん？　よおし、よおし。あれだな。ここじゃあ、なんだ。あれだ。おう、おう、おう。気にするな。そうだろう。そうだろう。あれだな。ここじゃあ、なんだ。どう考えても、なんだ。あれだな。やっぱり、河岸《かし》を変えるだな。そうじゃないと、あれだろう。話しにくいわな。よおし、よおし。ん？　どうだい、なあ、こうしちゃ。おう、おう、おう。わかる。わかった。わかってるよ、わかってる。ここなんて、そんな、こんなとこじゃあ、あれだろ。アタシだって、あれだよ。ほんのもう、あれだ。こっからだったらさ。いやね。うちは、もう、こっから、すぐなんだ」

意味が取れるような取れないようなことを、息荒くつぶやきながら、老小説家は黒い服の女を抱え込むようにして、いったん店に入り、

「お勘定！」

と、マスターに向かって威勢よく言った。

「両方だからね」

念押しするように、女の席と自分の席を親指で示して、相変わらず、彼女の肩を抱きかかえたまま、空いた方の手でポケットから千円札を引っ張り出し、カウンターに投げる。

「でも、行かないのよ」

老小説家の腕の中から、くぐもった声がした。

「行かないんだったら」

「なんだって？」

小説家は、「おう、おう、おう」とか「あれだ、あれだよ」とか言っていたときと同じような、優しいんだか、獣臭いんだかわからないような不思議な声で質問をした。

「ダメなのよ」

女は満身の力を使って、老小説家の腕から抜け出て、再びサングラスを額の上にかけると、言った。

「ここなのよ。ここで会うはずなのよ。だから来てんのよ。ダメなのよ」

それまでちょっとのぼせていた白髪白ひげの老小説家は、眠いところを起こされた子どものような顔つきで、ちょっと顎《あご》を引き、指を耳の穴に持って行って、二、三回、ぽりぽりと掻《か》き、駄々をこねる口調になった。

「なんだよ、そりゃあ。早く言えよ」

「でも、ほんとはわかんないのよ。ここじゃないかもしれないの。わかんなくなっちゃったの。すごくだいじなことなのに」

「だから、あれだろ。混乱しちゃってんだろ。話は、ゆっくり、アタシの部屋で、聞きますよ」

「ダメなの」

「アタシじゃ、ダメなのかね」

「あなたじゃダメとかそういう話でもないのよ。だけどまあ、ダメなのよ。そして、ダメな理由は、あなたが考えつくようなことじゃないのよ」

「なんのこっちゃい」

　老小説家は、むくれたまま、しばらく店の真ん中に立っていたが、女が元いた席に腰を下ろし、赤い髪の毛に白い両手を突っ込んで、テーブルに肘《ひじ》をついたまま無言になってしまったので、どうも振られたことに気づいたようだった。

「じゃあさ。帰りますよ。なんだか知らんが。アタシも忙しいんだ」

　老小説家は居心地が悪くなったらしく、そう言って帰っていった。わたしは時計を見て、それから赤い樽の中に戻った。まだ、母が迎えに来る時間ではなかった。

「わかんなくなっちゃったの」

　髪の毛に手を突っ込んだまま、女が呻《うめ》くように言ったのが聞こえた。

「それがどんなにひどいことか、みんなわかんないのよ。ずいぶん前からよ。ずっと前からそうなのよ。忘れちゃったの。どうしてここに来たか、どうしてここにいるんだか、わかんないのよ」

　しばらくそんなようなことをつぶやいていた彼女は、カップの底に冷たく輪を残しているだけのコーヒーを悲しげに見つめると、キャメルのコートを羽織って出て行った。

女が再び店にやってきたのは、それから二日、三日おいた、やはり夕方の時間だった。

そのまた翌日は、なんと朝から現れたらしい。開店時間から、ずっとそこにいたそうで、モーニングから始めて、コーヒー一杯で昼まで粘り、ランチのスパゲティナポリタンをゆっくりゆっくり、もう一杯のコーヒーとともにとり、わたしが小学校からまっすぐ店についたときには、三杯目のコーヒーを飲みながら雑誌を読んでいた。

初日には、気になってしかたなかったはずなのに、老小説家はすっかりくたびれ果てたように、いつもの席でうたた寝しかけていた。

そのときに彼女が着ていたのも、黒いラップワンピースだった。いくら似合っていても、もう褒めようもなくなっていたのかもしれない。わたしがいない間に、マスターも老小説家も、女の相手はさんざんやった、ということらしかった。

「朝からだもの」

と、老小説家は、わたしに話しかけた。

「いくら流行《はや》らない店だといったって、さすがに都合があるだろうに」

気の毒そうにマスターを見やり、彼女の朝からの行動をわたしに教えてくれた。本人の耳に入れることを十分意識して語ったはずの話には反応せず、女は雑誌から目を上げると、

「あら、チビちゃん、ここの子なのね」

と、わたしに言った。

わたしは軽く頭を左右に振ってみせたが、女はどうでもいいと思っているのか、真偽を確かめようともせずに、こちらも、わたしに向かって話した。

「だって、チビちゃんも聞いたでしょ。こないだは、あれだけ、こっちにしゃべらせようとしたんじゃないの。それなのに、なによこれ。話したら途端に人を嘘《うそ》つき呼ばわり。見ず知らずの人間にそんなことを言われる筋合いはないわよ」

女は、赤い樽の中に座り込んだわたしのところまでやってきて、サングラスを外した。

「いま、ここの人たちに、わたしがみらいから来たんだって教えてあげたとこなのよ」

み・ら・い。

その三音だけ、女は口を大きく開けて発音した。

そのため、それがなんのことか、わたしには一瞬、わかりかねた。

ただ、マスターと老小説家が、同時にぱしんと音を立てて、額に手をやったのだけが見えた。そこでわたしも真似《まね》をしてみた。右手を斜め上にあげて、まっすぐ指をそろえた手の平をすーっと額の上に下ろしてきて額に当てて目をつむったのだ。

ぱしんというよりは、どん、という感じの音がした。

それを見て、女は露骨に嫌な顔をして席に戻った。

「だけど、いちばんの問題はね、なにしにここに来たのかがわかんなくなっちゃったってことなのよ」

ビニールレザーのカバーがついた椅子に乱暴に腰を下ろすと、クラッチバッグから煙草を取り出した。マスターは初めの日と同じように、二本指をキスするみたいに口に当ててから裏庭に続くドアを指した。

「おいで、チビちゃん」

彼女は立ち上がると、キャメルのコートを手に取り、樽の中に座っているわたしを誘った。

なぜ、みんな煙草を吸うときにわたしを誘うのかわからなかったが、おそらく話し相手が欲しかったのだろう。わたしは何気なく老小説家を見たが、何の関心も示さずにまた寝かかっていたし、マスターも、好きにしろという顔つきで顎をしゃくっただけだった。

裏扉を開けると、コートを肩にひっかけた彼女がいて口から煙を吐いていた。わたしは逆さに置かれたバケツの上に腰掛けた。

「だって、どんなふうに話したら、信じてくれるのかさえ、わかんなくなってるのよ。もう、ずいぶん長いことここにいるの。ここっていうのは、この店とか、この木の下とかいう意味じゃなくて、この世界、と言えばいいかしら。ね、チビちゃん」

その女性は、ドラム缶の上にある灰皿で火を消して、それからコートを少したくし上げるようにしてから、バケツの前にしゃがみこんだ。

「じつは、私、百年先からやってきたの。びっくりするわね。すごくだいじなことなの。とってもだいじなことをするために、私、こっちの世界に送り込まれたの。使命があるわけ。ほんとに重要なことなの。私がそれを成し遂げないと、未来の世界がとんでもないことになっちゃうの」

彼女は庭に落ちていた木の棒を取って、地面に数字を書いた。

２０３８

わたしは声を上げて読み上げた。

「に一まるさんはち」

「それが、私がもといた世界よ」

わたしはじっと数字を見つめた。算数はどちらかといえば得意だった。二〇三八から百を引くと、そのとき、わたしたちがいた時代より四十年くらい昔になってしまった。

「そこではね、いろんなものがとても貴重なの。水も空気も生き物もよ。そして花もよ。ないわけじゃないの。でも、とても貴重なの。ねえ、あなた。木も草も花もない世界を想像できる？　この木、春に黄色い花をつける木が、とてもとても貴重なの」

わたしは、ごん、という音を立てて、手の平を額に押し当て、目をつむった。

彼女は鼻の上に皺を寄せて、不愉快であることを表明した。

「ずっと前からここにいるって言ったでしょ。来るときにとても強い光の中を通ってきたから、それで目をやられて黒い眼鏡が手放せないの。私には使命があったのよ。私がこっちに来て、それを達成しないと、あちらの世界がとんでもないことになってしまう。だけど、こちらに来るときの衝撃で、何をすべきだったか忘れてしまったの」

　立ち上がって、落ちかけたコートを肩にもう一度かけ、両腕を組んで、彼女は赤い髪をゆらゆら振った。

「思い出せないのよ。思い出せない。それでもう、ずっと苦しんでいるの。ときどきは諦《あきら》めてしまって、何もかも忘れてしまいなさいと、自分に呼びかける。もう、こっちにいる時間のほうが長くなってるくらいだもの。私だって、嘘だと思えればいっそ楽なくらいよ。だけど、とりわけこんな季節には、思い出すの。私、誰かとこんな樹《き》の下で会ってたの。そして、頼むから、世界を修復する鍵《かぎ》を見つけて、戻ってきてくれと頼まれたの。だけど、こちらに来るのは、すごい衝撃で、そのせいでいちばんだいじなことを忘れてしまった。どうすれば戻れるのか、どうすれば世界を修復できるのか、わからないの。私、どうしたらいいんだろう。どれくらい辛《つら》いか、誰にもわからないと思うわ。私、たったひとりで」

　風がミモザの花を揺らし、キャメルのコートをひっかけて立つ彼女の柔らかそうな赤い髪に黄色の粉のような花弁が散った。

　誰にもわからないと思うわ。私、たったひとりで。

　そう言いながら、彼女は自分で自分の腕を抱くようにして撫でた。

散っている黄色の花。花の下の赤い髪。肩にひっかけたコート。黒いラップワンピースから伸びた、バレリーナみたいな白い脚。

どれくらいそうしていただろうか。

店から裏庭に続くドアが開き、男の人が顔を出した。

背が高くがっしりしていて、仕事帰りなのかスーツを着ていた。

「母さん」

その男性は、黒い服の女性に、そう声をかけた。女性は目を上げた。

「みんな、心配してるよ。帰ろう」

息子にそう言われたときの、彼女の目を、いまも、ふとした瞬間に思い出す。

悲しそうとも、腹立たしそうとも言い難い、虚空《こくう》を見つめるような目だった。

マスターが警察に電話をかけて、女性の服装などの特徴を伝え、捜索願を出していた息子が店にやってきたという経緯だった。

女性は息子に抱えられるようにして、タクシーに同乗して帰っていった。そして、それきり彼女は店に来なかった。

「このところ、何年か、症状が出ていなかったんですが」

と、店に現れた息子は言ったらしい。

「春になると、ふらっと出て行ってしまうのは、僕が生まれる前からのようです。どうやって見つけるのか、ミモザの木のあるところに行きたがるんです。その木の下で、誰かと約束をして、その人が迎えに来るんだとか、その人のいるところに帰るとか、童話みたいな、おかしなことを言います。係累《けいるい》がないので、父と出会う前のことはよくわかりませんが、普段は、ちゃんと普通の主婦をしています。ご迷惑をおかけしました」

あの女性は、少し病気なのだろうということになり、坂の下の喫茶店では事件が落着して、そのうち誰の口にも上らなくなった。

でも、二〇〇〇年代も十何年が過ぎて、二〇三八年は確かにまだ遠い未来だが、自分の目で見る可能性のある将来だという気がしてくると、あの人はいま、どこで何をしているのだろうと、つい考える。

あのころ、わたしはSFを読んだこともなかったし、並行世界がどうなっているかなんて考えたこともなかったが、もし、物理学者が提唱するような多世界解釈が可能ならば、何かのきっかけで、彼女がパラレルワールドの二〇三八年から、こちらにやって来たと考えてはいけない理由がない。

もし、彼女の話がほんとうならば、彼女はいまどこに、どんな姿で存在するのだろう。

ミモザの花の下で、赤い髪を揺らしていた彼女は、どうなったのだろう。

誰にもわからない孤独をずっと抱えて、彼女はその後も生きたのだろうか。

もう一度、愛してくれませんか

子どものころに、人はたいてい愛の不平等について学ぶ。子どもの恋の対象は、だいたい一極に集中しているものだ。人気のある女の子・男の子は何でも持っていて、美しくて駆けっこが速くて、頭もいい。クラスの誰もかれもがその子のことを好きになる。そして、自分は何も持っておらず、美しくもなく、どんくさくて、頭もそんなによくはないと気づくのだ。そんな自分が、大人気の彼なり彼女なりを手に入れることなどできない。それをまず、少年少女は学ぶ。

もちろん、学ばない者たちもいる。何でも持っている当人は学ばない。

例の喫茶店に、学ばないまま大人になったような男がいて、彼を見かけるたびに、ああ、きっと小さいころからこうだったんだろうなあと思ったものだった。ハンサムで、背が高くて、少し鉢の開いた頭にくせっ毛が躍っていて、整った太い眉《まゆ》の下にきりっとした目があり、その目が笑うとびっくりするくらい優しそうになった。尖《とが》った顎《あご》に、ときどききれいにひげを生やしていて、整髪料だか香水だかの匂《にお》いをふんわりと漂わせていた。

トミー、というあだ名で呼ばれていたが、ほんとうの名前は菅原富男だった。乾物から農薬までなんでも扱う菅原商店の息子で、名前入りの自転車に乗って店にやってきた。なんということもない、紺色のフレームの、蕎麦屋《そばや》が出前にでも使いそうな自転車を持っていた。そんな自転車でも、彼が乗ると絵になった。

よくいっしょに来ていたのは、やはり近所に住む神社の神主をしている男で、トミーよりもかなり年上だった。トミーはおそらく二十代の半ばで、神主はそれより三十歳くらい上に見えた。神主は自分のことをトミーの「タニマチ」だと称していた。「タニマチ」とはなんのことだか、おぼろげながら知ったのは、トミーと神主を見ていたからだ。トミーは歌舞伎《かぶき》役者の卵だった。でも、とくに名門の出というわけではなかったので、舞台に出ても目立つ役はもらえないらしかった。なぜ彼が国立劇場の養成所に入ろうと思ったのかは、謎《なぞ》でもある。よほど歌舞伎が好きだったのか、いい男だから役者にでもなったらいいだろうと誰かに言われたのか、なんだったのかよくわからない。ともかく、彼は養成所を出ていて、歌舞伎界ではその他大勢であり、そういう役者たちだけでなのか、別のグループでなのかわからないけれども、仲間で現代劇の公演をすることもあるらしく、神主はそれに金を出して応援していて、喫茶店の壁にはいつのものだかわからない公演チラシがいつでも貼《は》ってあった。

たまに神主がいっしょでないときは、女連れだという話だった。

わたしが店に行くのは学校が終わってからだったから、神主といっしょのトミーばかり見ていたけれど、マスターはうんざりするくらい、いろんな女といっしょのトミーを見たらしい。トミーは菅原商店から少し離れたアパートの一室を借りて独り暮らしをしていたが、夜は仲間と遅くまで飲み歩くことが多く、その場でナンパした女の子を家に持ち帰る癖があった。小学生のわたしには想像しかねたところの、ねっとりした夜を過ごした後で、トミーは女連れでモーニングを食べに来るのだという。

連れてくる女の子は毎回のように変わるし、ほぼ初対面の相手で、夜ならそれなりにすることもあるだろうが、朝になっては会話もないのに違いない。二人は向かい合って座っていても、とくに恋人同士らしい空気も醸《かも》し出さず、トミーはスポーツ新聞を読むか、やたらとマスターに話しかけるのだそうで、夕方現れた色男を相手に、朝と夕べとでは口数が違うよねと、マスターがからかっていたのを思い出す。

あの日は珍しく夕方なのに女連れで、いつもはつるんでいる神主もおらず、例の老小説家もいなかったので、わたしがランドセルを背負って駆け込むと、店には妙な感じの空気が流れていた。

店には一台だけインベーダーゲームの卓があった。マスターが同業者から譲り受けたもので、いまは懐《なつ》かしきスペースインベーダー一号機だ。

トミーはその卓の前に腰掛けて、ぴゅんぴゅんと砲撃を繰り返し、ときどき「チクショー!」とか「やられた!」とか、独り言をつぶやいていた。トミーが座っているのは赤い座面の丸椅子《いす》で、女は隣に背のついた木製の椅子を持ってきて、ゲーム画面には目もくれずにトミーの耳を触っていた。

トミーはときどき頭と肩をねじり、

「やめろ。くすぐってえ」

とか言うのだけれど、ゲーム機から手を放すわけにはいかないから、口で咎《とが》めるだけで、結局、女に好きなように触らせていた。

女はすらっと背が高く瘦《や》せていて、ちょっとどこの人だかわからないような顔だちをしていた。血管が透けて見えそうなほどの色白で、髪も眼も色が薄かった。異様だったのは、トミーの耳を丁寧に、丁寧に揉《も》んでいるそのしぐさと、耳に向けられた視線だった。もし、漫画のように、頭の中で考えていることをフキダシの中に入れて書

くとしたら、

「嚙《か》みついて食べちゃいたい」

と思っているに違いないような目と指で、女はトミーを扱っていた。

しばらくゲーム機と格闘していたトミーは、飽きたのか、猫のようにぐるんと頭を回して女の手を振り払うと、

「行くぞ」

と言って、マスターにお金を支払うと、女の手を引いて出て行った。

女の目はそれでもまだ、斜め少し上のトミーのうなじあたりに向けられていた。薄笑いを浮かべながら嬉《うれ》しそうについていく色白の女がどことなく気味悪かった。

その彼女は翌日も、トミーに連れられて店に来た。同じ相手というのは珍しいことらしく、マスターがちょっとびっくりした顔をしたし、何より神主が色めき立った。

神主はいつものように話しかけ、トミーも普段と変わらず相槌《あいづち》を打っていたが、傍らには女が貼りついていて、髪をなでたり腕をさすったり、耳にちょっかい出したりしている。耳を触られるとさすがにくすぐったいらしく、凝った肩をほぐすようなしぐさで頭と肩をひねり、

「やめろっつってんだろ」

とか言うのだけれど、女はしばらくほかの部位を触って様子をみてから、また、たまに耳を責めることを繰り返していた。

「なんなの、トミー、その女！」

　とつぜん、キレるようにして神主は声を上げた。

「このまえの自主公演ね、どっかやっぱり、魂抜けてた。ちょっとこのごろ気合が足りないんじゃないの？　女にうつつぬかしてる場合じゃないでしょう。いま、真剣にならないとさ、後がないんじゃないの？　考えなきゃいけないときなんじゃないの？」

　神主はたいていこのような説教が多く、そのせいでわたしは当初は「タニマチ」というのを説教する人のことだと勘違いしていたほどだけれども、ベタベタとトミーから離れない女を前に、説教もドライブがかかったみたいだった。

　説教には慣れているトミーはしょげる様子もなく、少しくちびるをとがらせて斜め横を向き、いちおう顎を上下に小刻みに動かして、聞いてますよ、という態度をとる。

「あんたも、あんた！　なに、くっついてんの。男が仕事で真剣になるときはね、女が邪魔するもんじゃないんだよ。いったいなんなの、朝から晩までひっついて歩いて。どこで見つけたの、この娘《こ》？」

神主が甲高い声で問い詰め、トミーはぼそぼそ答える。

公演を見に来たらしくて、楽屋の裏口を出たらいて、そのまま仲間と飲みに行って、そのときこいつがついてきて、どうたらこうたら。

「しょうがないじゃない。帰れって言っても行くとこないって言うしさ」

トミーはまた口をとがらせると、なあ、と隣の女をとてつもなく優しい目で見る。

うん、と女はうなずく。

トミーもそれなりに女に入れあげているらしく、きれいについた筋肉のあちこちを撫《な》でまわす女の手を止めようとはしなかった。あきれた神主は毒づきながら店を出て行った。

なんなの、その女。

どこで見つけたの、この娘。

という、誰でも持つような疑問に、トミー自身もきちんとした答えを持っていなかったのかもしれない。同じような質問は、その後店にやってきた老小説家や、普段は無口なマスターの口からすら出たのだけれども、はっきりとした回答は返ってこなかった。

男女を見送ったマスターに向かって、老小説家は頭を振りながら言った。

「あれが、相当いいんだろうね」

マスターは、含み笑いをしながら二度ほどゆっくりうなずいた。

あれ、が何を指すのか、小学生のわたしには明確に理解できたわけではないけれども、男女の醸し出すねばっこい雰囲気と、老小説家とマスターの交わす下世話な視線と、神主の過剰な興奮と、いろいろなものを勘案して、それなりに近いところまではたどり着いたと記憶している。

小学生女子から見ても、なんだか二人は「やらしい」感じがしたのだった。

翌日の夕方に店に行くと、トミーの耳をもてあそんでいた女が、別の男と二人で向かい合って座り、うまくもなさそうにアイスコーヒーに差したストローをくわえていた。

向かい側の男は紅茶を飲んでいた。コーヒーと紅茶は、出すカップが違うので、わたしがいつも入っていた赤い大きな樽《たる》の中からでも区別がついた。店で紅茶を頼む客は、そう多くはなかった。男は小指をぴんと立てたキザなポーズで紅茶カップの持ち手をつまみ、眉を上下に動かしながらちょっと飲んでソーサーにカップを返した。

「私から逃れられると思うなよ」

と、男は女に言った。

「我々は運命共同体だ。ぜったいに離れるわけにはいかない。ぜったいにだ！　しゃーっ」

しゃーっと言って、男は襲い掛かるような妙な手つきをした。

「離れようとは思わないわよ。ししっ」

女は傲然《ごうぜん》と顎を上げて言った。ししっというのは、歯の間から出された音だった。

「あの男を仲間に引き入れるの」

「なんだって？」

「あなたから離れることを考えているわけではないの。だって、結局、私たちはいっしょにいるしかないじゃない。ししっ。そんなことわかってるわ。決まりきったことじゃないの。だから決めたのよ。あの人に、私たちの仲間になってもらうの」

「なんだと？　冗談じゃないぞ！　しゃーっ。もう、やってしまったのか」

男はカップをひっくり返さんばかりに驚き、中腰になって女に詰め寄った。

女はくすくす笑い出し、目の前の男をバカにした目で見て、答えなかった。

「バカなことを考えるんじゃない。余計なことをするんじゃない。後悔することになるぞ。はやまったことはするな」

とうとう男は立ち上がり、両手に拳《こぶし》を作って女を見下ろしながら、一言一言に力を込めてそう言った。

「はやまったこと？　ししっ」

女は挑戦するように男を見上げた。

「ああ。きみはぜったいに後悔することになるぞ」

「あら、そんなこと、どうしてわかるの？」

「火を見るよりあきらかじゃないか。きみ以外の者なら、誰にだってわかるさ」

「あなたが後悔しているからでしょう？」

「なんだって？」

「私を仲間に引き入れたことを、あなたが後悔しているからでしょう？　だから、そんなふうに言うのよ」

「違う」

「火を見るよりあきらかだなんて。よくそんなこと言えるわね。あんなに火を怖がっているくせに！」

「違う。断じて違う。私は」

「あなたはそうやって、後悔とともに生きていけばいいのよ。私だって、あなたと一緒にいれば同じ思いにさいなまれるわ。あなたと私の間には、それしかないの。今となっては、こうならなければよかったという、絶望的な気持ちしか、私たちを繫《つな》ぐものはない」

「何を言うんだ、セツコ」

「さあ、もう行っててちょうだい。私を一人にして。あなたの後悔の種を放っておいてちょうだいよ」

「悔やんでなどいるはずがないじゃないか。私はいつだって」

「ああ、もう、聞きたくない。嘘《うそ》よ、全部、嘘。ししっ。そこをどいてちょうだい。もう終わりなのよ。終わりにしましょう。終わりにしたいの。それなのに、けっして終わりにならない、この私たちの異常な関係はなんなの？　ししっ。さあ、通して。私を一人にして。あなたの嘘なんか、これ以上聞いてなんになるの」

「どうしてそう決めつけるんだ。私たちはえ、えいえ、え」

え、と言うなり、男の方は咳込《せきこ》んで、えふぉっ、ふぉっ、ふぉっ、ぐえっというような音を出した。そうしている隙《すき》をついて女は、喫茶店のテーブルをぐいと押した。男は太ももに打撃をくらった形になり、いてて、と言って座り込んだ。女は小走りに店を出て行った。

そんな場面を覚えているように思うのだが、いまから考えると、実際にこの男女がこんな洋画の字幕めいた話し方をしていたとは思えない。しゃーっとかししっも、入りすぎているような気がしないでもない。ひどく長い年月が経《た》ってしまったので、記憶は多少、過去をゆがめているようにも思われる。

もうわたしの頭の中では、女は黒いドレス、男は黒いタキシードにマントを羽織っているような印象になっているけれども、もちろんそんな、仮装パーティーみたいな恰好《かっこう》で田舎町を歩いていたわけがないから、それもわたしが捏造《ねつぞう》した記憶なのだろうか。

女も男も色が白かった。どことなく外国人のような雰囲気があった。それだけは確かなことに思われるが、外国人だったのかと聞かれれば、そうではなかったとしか答えようがない。彼らは日本語で話していたし、あれくらい色の白い日本人がいるのは別におかしいことでもない。

ただ、わたしの中で彼らが完全に黒装束の不思議な人たちとして記憶されてしまったのには、理由があるのだ。

数日がどのように経過したのかは定かでないが、あののんびりした喫茶店にしては大きな事件が、一週間かそこらした後に起こった。起こったというより、発覚したと言った方が正しいかもしれない。

　店に神主が怒鳴り込んできた。

「ちょっと、マスター、知ってる？　トミーがね。トミーがね。あのバカ女と出奔《しゅっぽん》したらしいの！」

「スッポン」

　と、わたしは小声で訂正した。

　大人のくせに、スッポンもちゃんと発音できないなんて。

　わたしは赤い樽の中から強い非難の目を神主に向けたが、先方はまったく気づいていなかった。

「舞台だって、どうするつもりなのよ、ほんとに阿呆《あほう》だね、あの野郎」

　目の前に菅原富男がいたら、殴ったに違いない勢いで神主は喚《わめ》き、

「酒！」

　というような調子で、

「ブレンド！　ブラックで！」

　と、注文し、どすんと席に腰を下ろした。

　そこへ、例のキザ男が、ちりんちりんちりんとドアについた鈴を乱暴に鳴らしなが

ら入ってきた。こちらは、赤い顔をして怒っている神主と対照的に、顔面は蒼白《そうはく》で、目もうつろなら、発する言葉もどこかはっきりしなかった。

「ここに、ここに」

と、キザ男は言った。

うろたえる彼はもはやキザでもなんでもなかったが、わたしは彼の名前を知らないので、以後もキザ男と呼ぶことにする。

「セツコが来ませんでしたか」

マスターは、ゆっくりと首を左右に振った。

「セツコって誰?」

敏感に反応したのは神主だった。

「ねえ、セツコって誰?」

妙に勘のいい神主は、マスターから答えが出ないとわかるとキザ男に詰め寄り、

「セツコって、もしかしてトミーに近づいた、あのバカ女?」

と、単刀直入にたずねた。

「バカ女とは心外な」

キザ男はキザ男たるゆえんを取り戻したように、つんと澄まして冷たい視線を神主

に向けた。

「あなたは、あの頭の弱い役者のお知り合いですかね」

「バカ女、どこ行った？」

「女房なら、失礼な。あれは私の妻ですよ」

「なんでしょうか、ちゃんと監督しとけ。ど阿呆！」

「なんでしょうか、口の悪い方ですね。あなたは、あの頭の悪い役者のなに？　兄さんですか？」

「なんだっていいじゃねえか、うるせえぞ」

「ちゃんとした口の利《き》き方も知らない方と、時間を無駄にするつもりはありませんよ」

「なんだと？」

神主は立ち上がってキザ男に向かって数歩歩き、キザ男もむっとした顔で身構えた。しばらくにらみ合っていた二人だったが、先に手を出したのは神主だった。両手でキザ男の胸をどんと突いたのだ。

するとキザ男も無言でど突き返した。次の瞬間、神主はグーでキザ男の腹にパンチを入れ、相手がうっと呻《うめ》いて腹をおさえている隙に、なんと足早に店を去って行ってしまった。先手必勝、逃げるが勝ち、という言葉を解説するかのような見事な去り方だった。

「だいじょうぶですか？」

と、マスターは声をかけたが、カウンターから出てくる様子も見せなかったので、もしかしたらたいして心配していなかったのかもしれない。

「なんだよ、あれは。ああいう人がここの常連さんですか」

椅子にへたり込んで荒く息をしていたキザ男は、ややあって落ち着くと水を喉《のど》に流し込んで、そうつぶやいた。腹が立つのと痛いのと両方だったのだろう。立ち上がる気力もなくして、怖い顔のままぶつぶつ文句を垂れる。

マスターは、矛先が自分に向いたのを感じたのか、手早くコーヒーを淹《い》れて、

「サービスですよ」

と、キザ男のテーブルに持って行った。

「私、コーヒーは」

そう言って、いったんは断りかけたものの、タダでもらうものに注文をつけるのもどうかと思ったのか、仏頂面《ぶっちょうづら》をしてコーヒーを啜《すす》り始めたキザ男の目が、なぜだか赤い樽に向いた。

なにを思ったのか、キザ男はわたしに向かって両手を上げ、襲い掛かるような手つきをしてから口を大きく開けた。

「しゃーっ」

と、キザ男は言った。

わたしは樽の中で体を硬くした。

「そんなところに隠れていたって、ちゃんと見つけたよ。私はね、吸血鬼なんだ。おまえみたいな小さな子どもは、食べてしまうよ」

そう、たしかに彼は言った。

「吸血鬼が子どもを食べるの？」

わたしは樽の中からそっとたずねた。

「あ、食べないか。食べない。殺しちゃうよ、と言おうと思ったんです」

「おじさんは吸血鬼なの？」

「そうだよ」

店にはキザ男のほかに客がいなかったので、わたしはそっとマスターの方を振り返ったが、黙々と食器を洗っている店の主は、わたしにもキザ男にもまったく注意を払っていなかった。

「私はね、吸血鬼だからさ、セツコは私からは離れられないんだ」

おそらくこの時点から、わたしの記憶の中でキザ男はマントを羽織り始めたと思われる。セツコと呼ばれる女の方は、黒い、外国映画に出てくる葬式の衣装みたいなドレスをまとうようになった。

いいかね、嬢ちゃん。

昔はセツコが私のことを好きだったんだ。私たちは同じ町で生まれ育った。セツコが私に向ける憧《あこが》れに満ちた目を覚えている。私は先にあの町を出たが、帰るたびに彼女は私に熱烈な眼差《まなざ》しを向けたものだった。私はそれを見ないふりができるくらいに、セツコの無邪気な愛を信じていた。

でも、あるとき、久しぶりに町に戻ると、セツコの愛が別の男に向かったことに気づいた。女と男ではどちらが節操がないと思うかね。答えは、女だよ。女というのは、あれだけの愛を誓いながら、平気でそれを破るからね。それからの私の行動は早かったよ。

セツコの父親は町に工場を持っていた。私は彼に金を貸してやった。もちろん、セツコのためを思ってのことだったし、セツコへの愛を確実なものにしたかったからだよ。彼女の父親はとうぜん私に感謝した。

金を貸すというのはどういうことかわかるかね。それはとりもなおさず、金を返してもらうということなんだよ。返してもらうときには、貸したときよりもたくさんの金をもらうものなんだ。これは社会のルールというか、世間一般の決まりなんだ。仕方のないことなんだよ、嬢ちゃん。私がしたくてしてるんじゃないんだ。決まりでね。仕方私は金を取り立てた。セツコの父親から。だって仕方がないじゃないか。貸してしまったんだから、返してもらわないわけにはいかないだろう。私は生真面目《きまじめ》な性格なので、容赦はしなかった。

セツコは私を吸血鬼だと言ったんだ。

最後の一滴まで、生き血を搾《しぼ》り取るつもりかとね。

しかし、それを言うなら、セツコのほうが吸血鬼だったんだよ。

父親の工場の金だけではない。セツコの弟の学資だとか、あの一家が住む家だとか、そんなもののために、セツコは私の好意を利用したんだ。何度も何度も頼みに来たよ。あんな男とはもう別れた。あなたしか頼れる人はいない。金を貸せって。

セツコこそ、私から生き血を搾り取る女だと言うべきだろう。

返してもらうよ。もちろん、貸したものは。

吸って、吸われて、我々は。

こんにち、この日に、至ったわけだ。

もう我々の血はどろどろに混じりあって、どちらがどちらかわからないほどのものになっているんだよ。だから、彼女が私から離れようとしても、しょせん無駄なことなのだ。彼女だってわかっているはずだ。だからねえ、必ず帰ってくるよ。そうしたら私はまた吸ってやるんだ。いや、吸わせてやるんだ。いや、やはり吸ってやるんだ。

「吸血鬼に血を吸われた人は、吸血鬼になるの？」

わたしは思い切って、樽の中からたずねた。あの時代を生きていた小学生として、とうぜんのことながらバンパネラが主人公の少女漫画を読んでいたわけで、そうした子どもにとって吸血鬼は伝説ではなく、隣にいてもおかしくない存在だった。

「しゃーっ」

と、また両手を威嚇《いかく》するように上げて、キザ男は妙な音を発した。

「ねえ、なるの？」

ほんとうのバンパネラは、そんな変な音は出さないはずだと、樽の中でわたしは考えていた。ただ、この男が本物か偽物《にせもの》かは、そのときには判断がつかなかったけれど。

「なるね」

と、少し考えてキザ男は答えた。

「なるよ」

もう一度考えて、キザ男は言った。

彼女には、後悔などしていないと言ったけれど、ほんとうは私にだって悔いはあるんだ、とキザ男は帰り際《ぎわ》に呟《つぶや》いた。

私とセツコは同じ町で育った。セツコがおまえくらいの年のころを私は知っている。小さいセツコが私に恋をした日のことを覚えているんだ。あの娘は私に夢中になった。町に帰るたびに、セツコは転がるようにして駆け寄ってきたもんだった。あの娘はたいそうかわいかったよ。ほんとうに、町一番のかわいい娘だったよ。

私はセツコにつれなくしたんだ。だって、あのころは、田舎町よりもずっと面白いことが都会にたくさんあったし、つれなくすればするほど、あの娘が私を追いかけることも知っていたからね。だから平気でほかの女と遊び歩いたもんだ。小娘なぞ相手にできるかという態度で。あの娘はしょっちゅう泣いたよ。泣いている彼女はきれいだったよ。

私たちが吸ったり吸われたりしている血は、とうに濁って赤黒く淀《よど》んでいるけれど、それがまださらさらと美しかったころのことを覚えているんだ。けっして取り戻せないもののことを、私は時折考える。

もう一度、という言葉が口を衝《つ》いて出そうになる。

あんなふうに、どうかもう一度。

そうして、しまいまで言わないうちに思い出すんだ。私がなにものかを。そして、彼女がなにものになってしまったのかを。

マントを翻《ひるがえ》して、吸血鬼のキザ男は出て行った。もちろんそれ以降、彼が店にあらわれたことはない。

数日して、人騒がせな色男のトミーがやってきた。

「精気をありったけ抜かれたって顔だな」

老小説家が評した。

「いいのよ。役者なら、それも芸の肥やしだから。たまにはね。しょっちゅうじゃ、困るけどね」

余裕しゃくしゃくの神主が言った。

それからしばらくの間、わたしは菅原富男を仔細《しさい》に観察していた。眠そうにしているのは血が足りないせいかとも思ったが、彼がバンパネラに変身した証拠はつかめなかった。また少し経つと、店はいつもと変わらない姿に落ち着いた。

トミーはときどき女連れで店にあらわれモーニングを取ったようだが、その女と夕方までいるケースは二度となかった。よく日に灼《や》けた肌と鍛えた筋肉が自慢のトミーに、黒いマントはどうしたって似合わなかった。

わたしは時折、吸血鬼の夫婦のことを思い出した。

吸って、吸われて、我々は。

こんにち、この日に、至ったわけだ。

ぱっと消えてぴっと入る

三歳から十二歳まで暮らしていた団地の思い出は、まったく同じ外見の建物から、知らない人が出たり入ったりする、あの光景に尽きる。団地に住んでいる子供の悪夢は、家に帰るとまったく知らない人たちがいて、「お帰り」「お風呂《ふろ》に入りなさい」「ご飯を食べなさい」と言ったりすることだろう。

じっさい、わたしは一度、とても小さいときに迷子になって他人の家に上がり込み、そこに母や父がいないので恐慌《きょうこう》をきたした経験があった。

理科の教科書に載っていた蟻《あり》の巣にどこか似ている団地が、わたしの幼少時の世界観を形成した。蟻の巣めいたその空間から出るのは、これはこれで怖いのである。両親から離れることを意味したし、外の世界は誰に踏みつぶされるかわからないところだというイメージがある。しかし、蟻の巣は蟻の巣で、巣穴の中を無尽に走る道のどこか一本でも間違えれば、自分の家に帰れなくなる恐ろしい場所のような気がして、怖い。

あまりの怖さに、わたしは幼稚園を一日で退園してしまい、小学校に上がるまでは、家族といっしょでなければ、ほとんど外に出なかった。わたしの子守として、田舎から高齢の祖母がよばれた。父は六人兄弟の六番目で、父の母である祖母は長男といっしょに暮していたが、共働きという当時はあまり見かけない夫婦の形態を選んだ末っ子のために、七十幾つの重い腰を上げて、団地の3LDKに移り住んだ。

明治生まれの祖母は、台所の脇《わき》の四畳半に居室を構え、夜も私といっしょに寝てくれた。祖母の話は、桃太郎やかぐや姫、一寸法師といった定番の他に、「為せば成《な》る為さねば成らぬ何事も、成らぬは人の為さぬなりけり」と言って藩政の立て直しをした米沢藩の藩主・上杉鷹山《ようざん》の母が、鷹山が子どものころに、破れた障子に切り貼《ば》りをしてみせて倹約の大切さを教えたのだとか、仁徳《にんとく》天皇が民のかまどから煙が上がるのを見てたいそう喜んだとかいった、わたしと同世代の子どもたちはあまり知らないような話が多かった。しかし、祖母が現役で子育てをしていた時代には、どの家庭でも語られたような昔話だったのだろう。わたしは祖母とのそうした時間を、それなりに楽しんだし、彼女をことのほか好きだった。

朝早く、夫と娘のわたしにはパンと目玉焼き、自分と姑《しゅうとめ》のためにみそ汁と焼き魚の朝食を調《ととの》えると、母は祖母に遠慮がちに頭を下げて、いつも本当にすみませんと、必ずそう言ってから出かけた。母は自転車で三十分ほどのところにある病院で看護婦をしていた。父は、母より少し早く、やはり自転車で出かけるのだが、駅の自転車置き場にそれを置いて、私鉄で通勤していた。じゃ、行ってきますと、父のセリフはたいした感情も込められない、やや機械的な印象のものだった。

戦争中は、隣組でいちばん勇壮な竹槍《たけやり》遣いであったという、体も心も丈夫な祖母は、午前中にわたしと幼児番組を見尽すとすっかり飽きてしまい、自分のためにお茶を、わたしには湯冷ましを湯呑《ゆのみ》に入れて、母の作り置きした弁当を広げる。

「食べてすぐ寝ると牛になるけんどな」

と、食後に昼寝する祖母は、必ず言った。

しかし、食べると眠くなるのも事実で、わたしと祖母は仲良く午睡を楽しむのだった。

「体がなまるから、出かけるか」

昼寝から醒《さ》めると、これまた母が用意しておいたおやつを食べながら、祖母は言う。

そうしてわたしたちは、散歩に出るのだった。

祖母といっしょなら、どこへ行くのも平気だった。団地を蟻の巣に例えるならば祖母は女王蟻。というわけでは必ずしもなかったが、そんなことはどうでもよく思われた。腰に手をあてて、ゆっくり歩く祖母と小学校就学前のわたしの歩幅は、ほかの誰よりも相性がよかった。

「食べてすぐ寝たけど牛になんなかったね」

隣や後ろを飛んだり跳ねたりしながら歩くわたしに、祖母は目を細めて言った。

「わっかんねえぞぉ。ひとさまから見りゃあ、おれたちゃあ、はあ、牛になってるかしんねえぞぉ」

祖母の言葉は田舎の方言だった。

「はあ」というのが、なかなか習得しにくく、調子のよさを作るために入れる擬音のようなものかと思っていたが、これにもこれで意味があるようで、のちのち調べたところによると、「はあ」というのは「はや」が訛《なま》ったもので、「もう」とか「すでに」といった意味があるらしい。

本人たちが気づかないだけで、「はあ」牛になっている祖母と孫娘。のっそりのっそりと近所を散歩して歩くのだった。

「年ってものをとりゃなあ」

夜寝て朝になればね、というような口調で、祖母は言った。

「みんな、どうしたって死ぬんだで」

牛だって人だっておんなじことだ。もうすぐ、ばあちゃんにもお迎えが来るんだで。彼女がどうして毎日そんなことを話してくれたのか、いまから考えると不思議に思う。

祖母は自分に死期が近いことを知っていたのか。それこそ年を取ると必然的に死が近くなってくるので、ふだんからそのことばかり考えていたのか。

いまと違ってあのころには、終活などという妙な言葉もなかったし、死んでからのちに遺族に残すための遺言のようなものは、金持ちの爺《じい》さんの死に際《ぎわ》に用意されるものというイメージしかなかった。

だいいち、祖母がわたしに毎日言っていたのは、財産の何をどう分けろという話でもなければ、自分が死んだら兄弟孫ひ孫仲良く生きていきなさいという、道徳的な話題でもなかった。ただ、祖母は、まだ、この世に生を享《う》けて四年とか五年とかいった、人間としてスタート地点に立ってまもない孫に、ひたすら死について話し続けたのである。

「死ぬってことはなあ、いろんな人がいろんなことを言ってるけんど、おれは、どうかなあと思ってんだ。偉《えれ》えような人が言ってることたぁ、みんな、眉《まゆ》に唾《つば》つけて聞いてら」

　ぶらんこに揺られながら、祖母は言うのだった。

　祖母はぶらんこが好きだった。団地の公園には、座面が赤に塗られたのと、青に塗られたのと、二つのぶらんこが下がった遊具が置いてあって、座面が地面に近い位置にある赤いぶらんこにわたしを乗せると、祖母は両足を斜めに開いて踏ん張る姿勢を取り、背中を力強く押してくれた。押すのに疲れると、

「最後だぞ」

　と宣言して、一ぺんだけ非常に勢いよく背中を押す。わたしは宙に舞い上がって、お腹《なか》のところがきゅーんと収縮するような、くすぐったいような感覚を持つ。

　そのときに、怖がって足をつけてしまったりしないで、地面に近いところでぐっとお尻《しり》を落として足を上げると、ぶらんこはまた高く高く上がり、わたしはしばらくの間、宙でゆらゆらしていられるのだった。

　そうなると、祖母は隣の青い座面のぶらんこに座って、タタタタタッと後ずさりをしてから、ぱっと両足を上げる。祖母のぶらんこが宙に浮く。

　白い髪を無造作にお団子にまとめ、藍色《あいいろ》のアッパッパを着て下駄《げた》を履いた祖母が、風に乗ってスイングする姿がいまも思い浮かぶ。祖母は下駄をうっかり飛ばさないよ

うに、足の親指と人差し指でしっかり鼻緒を挟んで、ぐいぐいと力強くぶらんこを漕《こ》ぐのだった。小さい子どもが近づいてきて、乗りたそうなそぶりを見せても、気ままに宙を行ったり来たりするその時間を満喫しきるまでは、おいそれと人に譲ってやったりしなかった。

「長いことないんだから、好きにさせてもらうべぇ」

祖母はそう言って、悠然とぶらんこを漕いだ。

「おれはなあ、死んだらそれっきりだと思ってる」

わたしと祖母は、交互に宙に舞い上がった。祖母は独り言にも、わたしに聞かせるための言葉にも思える、とつとつとした語りで、死について語った。

「三途《さんず》の川だの地獄の閻魔《えんま》様だの、まるで信じてねえわけでもねえが、心臓が止まって、棺桶《かんおけ》に入って、火ん中にくべられてしまうのによぉ」

サンズノカワや、ジゴクノエンマサマについての知識がなかったので、わたしはまずそこから問いただすことになった。祖母は、仁徳天皇と民のかまどについて話してくれたのと同じように面白おかしく、そして熱心にジゴクノエンマサマを語った。語っているときは、話上手の祖母なりに演出を凝らし、微に入り細をうがち、まるで見てきたように語ってくれるのに、最後の最後には、

「だけんどもよ。見て帰ってきた者がいるわけじゃなし、おれは、どうかなあと思ってんだ。ちぃっと、眉唾じゃねえかなーと思ってら」

今度はマユツバがわからなくて、わたしは祖母にまた問いただす羽目になる。

こうして祖母とわたしの会話は、ありったけ脱線し、それなりにわたしのボキャブラリを増やしながら、最後は、

「おれは、死んだらそれっきりだと思ってる」

で、終わるのだった。

なぜ、そうした死生観を祖母が持つに至ったかはわからない。

おそらく、彼女が生きてきた中で、自ら学んだ何かだったのだろう。

「死んだら、ぱっと、電気が消えるみてえに、生きてたときのことがみんな消えるんじゃねえかなと、おれは思ってんだ。そりゃあ、おれが棺桶に入るときゃー、草履を履かされて杖《つえ》も持たされて、三途の川の渡し賃だって持って行くだろうが、世の中にゃあ、棺桶なんぞに入らないであの世に行く人もおおぜいいるからな」

ここで、わたしは、三途の川には懸衣翁《けんえおう》と奪衣婆《だつえば》の夫婦がいて、三途の川の渡し賃を持たないものの着物を奪衣婆が剝《は》ぐのだとか、親より先に死んだ子どもは川を渡れなくて、賽《さい》の河原で石を積みながら親を待つんだとかいう話を聞かされた。そして、

その話が終わると祖母は、

「だけどまあ、おれは、そういうのは全部、眉唾だと思ってんだ」

と、最後に付け加えるのだった。

「マサオは戦地から帰ってこなかったしさ。骨も戻ってこなかったんだで。そうするとマサオは、南の島のどこかで死んで、六文銭も持たずに三途の川を渡ろうとして着物を剝がされたんだべえか。それとも南の島のどこかで、いまでも帰りてえなあと思ってるんだべえか。そういうことを考えるとな、ぱっと電気が消えるみてえに死んでしまうんでなきゃあ、理屈に合わねえと、おれは思ってんだ」

マサオとは誰かと聞くと、

「おや、マサオを知らなかったん？」

と、祖母は驚いた。

「マサオは、おまえのお父さんの二番目の兄さんだに」

「二番目の兄さん？」

「そうだがね。二番目の兄さんだがね」

六人兄弟の六番目であるわたしの父には、三人の兄と二人の姉がいたのだそうだ。わたしの知っている二人の伯父さんのほかに、もう一人伯父がいて、その人はマサオと言って、南の島のどこかで亡《な》くなったらしい。六文銭も持たずに。そして、祖母の元には、骨も帰ってこなかった。

「マサオがどこかで、いまでも帰りてえなあと思ってたら、あんまり、そりゃあ、かわいそうだんべえ。ぱっとこう、さっとこう、死んでしまうんじゃあないとなあ」

祖母はいつの間にか、ぶらんこを漕ぐのをやめて、地面に下駄をつけて遠くを見て、そう言った。いや、あるいは、ずっと、ぶらんこを漕がずに座ったまま話していたのかもしれない。わたしの記憶の中で祖母は、楽しげに宙をゆらゆらしていたり、ただただ、ぶらんこに腰掛けていたりする。

いつも同じ藍色のアッパッパを着ていて、足の先に下駄をひっかけている。

「そのかわりによ」

祖母は、笑っているような、細い目をして、皺《しわ》だらけの顔をこちらに向けて言う。

「死んだら、ここんところへ、ぴっと入ってくんだ」

ぴっと、と言って祖母は、自分の胸を指さした。

ぱっと死んで、ぴっと入ってくる。

「マサオが死んだとき、おれにはわかったんだ。夢の中にも出てきてなあ。それからずっと、マサオはここんところへ居るわけだ。それが、おれの言いてえことだな」

ぱっと、電気が消えるみたいに死んじゃうのに？　と、わたしは訊《たず》ねたのだと思う。

「うん。おれは、そう思ってる。人が死ぬだろ。そうすると、人はもう、そのときに、電気が消えるみたいに、気持ちや痛みやなんかも全部ぱっと消えて、楽になるんだ。死んだ者は、地獄へ行ったり、そんなつれえことやなんかは、ねえはずだと、おれは思ってんだ。生きてるうちに、さんざんつれえことがあって、あの世に行ってもいろいろあるんじゃあ、理屈に合わねえ」

ぱっと消えて、ぴっと入るの？

「そうさ。そうじゃねえかなあと、おれは思ってんだ。死んだ者には、もう、苦労はなくなる。痛みも、つれえことも、なくなる。それはみんな、生きてる者の中に、ぴっと入ってくるんじゃねえかなあと思ってんだ。だってなあ。入ってきたよ。マサオも、おじいさんも、おれのおっかさんも、おとっつぁんも、全部、ここんところに入ってんだ」

祖母はまた、とんとんと、自分の胸を指でつついた。

アッパッパを着ている祖母がいたということは、それは夏で、わたしたちは欅《けやき》の木が少し陰を作ってくれる公園の遊具で、そんな話をしたのだったか。家を出るのが嫌いで、団地から外へ出るのも嫌いで、両親か祖母がいっしょでない限り、どこへも行くのが嫌だったころの、わたしの懐《なつ》かしい思い出の一つだ。

祖母といっしょに撮った写真が、アルバムの中にある。

団地のベランダの柵《さく》に、サルのようにぶら下がっているわたしと、それを眺めている祖母だ。祖母はあの服装をしている。おそらく、後になってから見た写真が、記憶の中の祖母に藍色のアッパッパを着せているのだろう。


大親友だった祖母を、わたしは小学校入学の数週間前に亡くした。

亡くなる少し前から、祖母は田舎の伯父の家に戻っていたのだと母は言う。そうでなければ、わたしの家で祖母の入院やら、葬式やらの面倒を見たことになるわけで、たしかに、そんなことをした覚えはない。

けれど、祖母がいないのなら、両親が仕事に出かけた家で自分が何をしていたのかがよくわからない。団地のほかの家に預けられたりしたら、わたしは大騒ぎしただろうし、母が病院の勤務を休んでまで、わたしといっしょにいたということもないはずだ。

一度、母に問い合わせてみたことはあるのだが、どうしたんだったかしらねえ、ともかくなんとかしたのよ、とかなんとか、適当なことを言われて、きちんとした答えが返ってこなかった。

葬式は、田舎の家で行われた。

あの葬列も、いまはなかなかもう見られない。死んだ者の血縁者で、年長の者から順番に持ち物を決めて、喪主である伯父が位牌《いはい》を持ち、四男のわたしの父がお骨を首から下げて、ほかの人が、お団子やらお花やら、七夕を思わせるような色とりどりの飾り、松明《たいまつ》、いろいろな物を持って、お墓まで練り歩くようにして行ったのを覚えている。

葬列の前のほうは男性ばかりで、親族の女性は葬列の一番後ろからついていく。わたしは母に手を引かれて、わけもわからず葬列の最後に加わった。あのころの田舎の道は、まだアスファルトで舗装されていなくて、春の生暖かい風が土埃《つちぼこり》を舞い上げる中を、ぞろぞろと連なって歩いて行った。北関東の田舎のことで、青麦がそよぐあぜ道を抜けて、雑木林を背負った大きなお寺にたどり着いた光景が、脳裏にかすかに残るような気がするのも、後になって葬儀の写真を見せられたからかもしれない。

祖母が「ぱっと」消えたのかどうか、わたしは知らない。祖母の死生観が果たして的を射ているのかどうかも、よくわからない。祖母は来世を信じていないようだったが、わたしはどこかで信じている。

この世に存在したことがある人々が、それぞれにいちばん好きな姿で、いちばん好きな人たちと、和やかな来世を送るようなことを想像してみるけれど、そうした想像じたいが、死者ではなく生者であるわたしによる創作である以上、祖母の言う、

「ぴっと、ここんところに入る」

ということなのかもしれない。

少なくとも祖母は、わたしの胸に入り込み、そのままずっと出て行かずにここにいる。いまとなるとときどきしか思い出さないけれども、「ここんところ」から出ていなくなってしまったことは一度もない。

藍色のアッパッパを着て、素足に下駄を履いて、白い髪をお団子にまとめた祖母が、ずっとわたしの胸の中にいる。


ところでなぜ祖母の話をしたかといえば、わたしが団地から外に出ていくことにずっと恐怖感を抱いていたことと関係がある。まるで長い長い前置きを書いたようなことになっているけれども、厳密には前置きというわけでもないからかまわないだろう。

小さいわたしにとって、団地を出るのは恐怖だった。しかし、団地の中にいることすら、安心はできなかった。つまり、団地の個々の家はそっくりの形をしていて、ど

こにも似たような家族が暮らしていて、いつ、わたしの家族と入れ替わってしまうかわからない。両親と祖母のいる、あの小さな3LDKが、わたしの唯一《ゆいいつ》の安心できる場所であり、それ以外のところへは恐ろしくて行けなかった。幼稚園すら、一日で退園した。これがわたしの幼少期である。

両親といっしょなら、あるいは祖母といっしょなら、バスにも乗れたし、電車で出かけることもできた。しかし、家族と離れて独りでどこかへ行くなんて、考えただけで恐ろしいことだった。

そのわたしが、小学校に入学する羽目に陥るのである。

事前にいろいろなことを、言いきかされてはいたに違いない。しかし、巣穴の中の定位置のような3LDKを出て、家族とも離れて、得体の知れない集団生活に入ることなど、当時のわたしには想像を絶する恐怖だったと思われる。

入学式には、母ばかりではなく父も会社を休み、両親に両手を取られてつりさげられるようにして出かけた。

翌日からは、集団登校といって、団地の一角に同じ小学校に通う児童が集まって、六年生をリーダーに徒歩で学校へ出かけることになっていたが、足が震えて昏倒《こんとう》しそうになっているわたしを、困った班仲間は置き去りにして行ってしまった。半日だけ休みを取って、わたしの様子を見ていた母は、困惑しながら小学校に送り届けたが、母の姿が見えなくなると、わたしは恐怖で叫びだし、一年生の教室を妨害した。

わたしは最初の数週間を登校拒否して過ごした。両親の出かけた家で、家から一歩も出ずに過ごしたのだ。母方の祖母が呼ばれてきたり、母の妹が世話にやってきたりした。家にさえいられれば、一人にしておいてもさほど問題がないことがわかって、食事やおやつを用意して出かけた母が帰るまで、一人で過ごしたこともある。

ずっとそのままにしているわけにもいかないので、少し落ち着いてから、母がなんとか職場の都合をつけて毎日登校につきあい、下校時に迎えに来るという方法をしばらく続けることになった。小学校に入れたら、放課後は学童保育で面倒を見てもらえば仕事を続けられると思っていた母は窮地に陥った。

いくつかの方法が試行錯誤されたが、わたしの中の恐怖は去らず、母はもう仕事を辞めるしかないと思ったのだという。

ある日、学校の帰りに母はわたしといっしょに喫茶店に立ち寄った。ランドセルを背負った子どもと放課後にコーヒーを飲みに行くなんてことは、あまり勧められることでもなさそうだけれど、母はよほど疲れていたのだろう。

ちりんちりんと、ドアについた鈴が鳴った。

カウンターの中のマスターが顔を上げた。

「お好きなところへどうぞ」

と、マスターが言った。

母はわたしを促して、窓際の席に腰掛けた。

わたしは母の正面には腰を掛けずに、まっすぐ部屋の隅の赤い樽《たる》に向かった。

「こっちに来て。ちょろちょろしないで」

母は言った。

「いいんですよ。あそこ、気にいってるから」

カップをリネンで拭《ふ》きながらマスターが言った。

母はヘンな顔をした。そして、黙って自分にはコーヒーを、わたしにはオレンジジュースを注文した。

「ホットミルクもできますよ」

と、マスターが言った。

「ホットミルクがいい」

と、わたしは注文した。

「あいよ」

と、マスターが言った。

母は、今度こそ、異様なものを見るような目つきで、わたしとマスターを交互に見つめた。そして、腹から絞り出すような声でわたしに訊ねた。

「あんた、ここに来たことがあるの？」

「おばあちゃんとね」

こともなげに、マスターは言った。

「おばあちゃんと？」

わたしは樽の中に腰掛けて、ゆっくりうなずいた。しかし、母にはその姿が見えなかったのだろう。彼女は大股《おおまた》で歩いてやってきて、樽の中を覗《のぞ》き込んだ。

「あんた、おばあちゃんと来たの？」

「しばらくみえないんで、どうしたかなと思ってたんですよ」

マスターが代わりに答えた。

母はぐるんと振り返った。

「義母《はは》は、先日、他界しました」

と、母は言った。

マスターは困ったように口を開けて、何かぼんやりしていたが、やがて落ち着きを

取り戻して、

「やあ、それは。ご愁傷さまでした」

とだけ言った。

「なんだよう、ばあさん、死んじまったのかい」

スポーツ紙に目を落としていた老小説家が目を上げた。ぞんざいな言葉の割には、大きなショックを受けているようだった。

ちりんちりんと鈴を鳴らして、神主と歌舞伎《かぶき》役者が入ってきた。

「おう、聞いたかい。タタンのばあさんが死んじゃったんだってよ」

老小説家が言った。

「え？　チビちゃんのおばあちゃまが？」

神主はいったん座った腰をびっくりして上げるほど驚いて、

「あら、いつ？」

と、誰にともなく訊ねた。

「ちょっと前です。三月の頭です」

戸惑いながら、母は答えた。次から次へと現れる男たちが、みんなして祖母を知っていることに、たいへんな衝撃を受けたらしい。

「お悔み申し上げます。そりゃ、知らなかったなあ」

鉢の開いた頭をした、ちょっと見てくれのいい若い男までが、そう言って母に頭を下げるのだった。

わたしは久々に来た店で、すっかりリラックスして樽の中に座っていた。ほんとうにどうしてだかさっぱりわからないのだが、わたしはこの店の赤い樽の中にいれば、団地の中の自分の家にいるのと同じくらい安心できた。初めて祖母と二人で店に足を踏み入れたときから、不思議に落ち着かせてくれる空気が存在したのだ。

祖母は、

「体がなまるから、散歩だ」

と言っては、腰に手をあててゆっくりゆっくり、どこへでも行った。団地の敷地を出て、わたしの手を引いて横断歩道を渡り、ニンジン畑の間の道を行って坂を下って、煙草屋《たばこや》の先にこの店を見つけたときは、悪戯《いたずら》を思いついたような顔をして、

「入ってみるか」

と、わたしに笑いかけた。

生涯のほとんどを田舎で過ごした七十代の祖母が、喫茶店に入ってコーヒーを注文する姿を思い出すと、やはり奇妙な気持ちになる。けれども、あのころわたしはまだ

小さかったし、明治生まれ、田舎育ちのおばあさんが、コーヒーを飲むのが似合わないなんてことを考えるだけの予備知識もなかった。

それに、いくら明治生まれとはいえ、彼女なりに戦後の日本を生きており、コーヒーにも紅茶にも馴染《なじ》んでいたとしても、なんらおかしいこともないはずだ。祖母はしげしげメニューを見つめ、自分のためにブレンドコーヒー、わたしにはホットミルクを注文した。ホットミルクというものを、わたしはこの店で初めて飲んだのだと思う。

「砂糖をちょっと入れると、うんまいんだ」

小さな声で言って、祖母は少し震える手で、ホットミルクにグラニュー糖を入れて混ぜてくれた。甘いホットミルクはたいへん美味《おい》しかった。

店には独特の風貌《ふうぼう》の、変わった人たちがいたけれども、そのころは彼らが変わっているとすら思わなかった。祖母は誰とでも愛想よく接していた。ただ、方言でしゃべるのが恥ずかしかったのか、ほとんど言葉を発することなく、笑顔でうなずいたり、

「へえ」

とも、

「ええ」

とも聞こえる相槌《あいづち》を打ったりしていた。店の常連たちは、祖母と特別に話があると

いうわけではなく、それぞれ勝手に言いたいことを言って、帰っていくような連中だったから、祖母が話そうと話すまいとくに気にもかけなかった。ただ、優しい、愛想のいい笑顔を向けてくれる老婆《ろうば》のことが、嫌いではなかったらしい。いつのまにか、祖母は店の仲間の一人になっていたのだった。

なぜ、わたしがあの店に居着いてしまったのかは、いまだにわからない。祖母といっしょに行ったその最初の日から、特別な店だったというのも間違いではないと思う。それでも、たった一人でそこに行くことが平気になるほどに、店を自分の陣地のように思い始めたのはなぜなのだろう。

「あんた、ここにいても発作は起きないの？」

コーヒーを飲みながら、母がわたしに訊ねた。発作というのは、べつに病気でもなんでもなくて、わたしが学校で恐怖に駆られて叫びだしたことを指す。たびたび、わたしは恐怖にとりつかれて、唐突に落ち着きをなくすことがあったのだ。

樽の中で、わたしは首を上下に振った。

母は、何か考えるような目をして、カップに再び口をつけた。

母は結局、勤めていた病院を辞めて、わたしのそばにいることにした。でも、わたしを学校に送り、また迎えに行く日々の中で、なにがしか戦略を練ったのだと思われる。わたし自身も、集団生活に慣れるにつれ、学校は叫びだすほどの恐ろしいところだとは思わなくなっていったし、団地の数ある3LDKから我が家をえり分けるのがさほど難しいことだとも思えなくなっていった。

そして、あるとき、母は別の病院に仕事を見つけてきたのだった。母が家にいたのがどれくらいの期間だったのか、わたしにはもう思い出せない。気がついたときは、集団登校で学校に行き、帰りは一人で喫茶店に駆け込む毎日を送っていた。

一つだけ、思いあたることがある。喫茶店に行くとき、あるいは学校に行くときでさえ、わたしは一人ではないと思えるようになっていた。それは、とりもなおさず、祖母が死んだからである。

祖母自身は、電気が消えるように命の炎を消したのかもしれないが、たしかにわたしの心の中に入り込んだ。わたしは心の中の祖母と会話することを覚えた。

祖母は、わたしが生涯で初めて持った死者だった。死者の思い出が生者の生を豊かにすることを、わたしは祖母を亡くしたとき初めて知ったのだった。

町内会の草野球チーム

あのころのことで覚えているエピソードといえば、わたしが公園で気を失って喫茶店に運ばれた事件だろうか。

もう三年生くらいにはなっていたように記憶している。それなりに学校にも馴染《なじ》んで、普通の小学校生活を送っていたのだけれども、ある日あるとき、学校給食にふんわりとした白身魚のフリッターが出て、それを口にした途端に顔が非常にかゆくなってぷうっと膨れだし、呼吸がぜいぜいと荒くなっていったのだった。

思えば典型的なアナフィラキシーショックである。

しかし、昭和五十年代の東京郊外ではまだそんなにアレルギーについての知識が一般に広まっていなくて、先生はいつものように、給食を全部食べないとお昼休みはあげませんよ的な、いまなら殺意を疑われるくらいの暴挙をなんでもなくやっていたわけで、わたしの膨らんだ顔と切迫した呼吸状態をみて、とにもかくにも病院に連絡した担任教師は、当時の基準で考えれば、なかなか立派な先生であると言えるかもしれない。

けれどもそのころの事情がのんびりしていたのか、それとも学校と病院の立地が驚くほど近いという偶然によるものか、わたしは学校からサイレンを鳴らす車で運ばれるというような晴れがましい思いをすることもなしに、学校用務員のおじさんの黒い自転車の荷台にくくりつけられんばかりにして大病院に行くことになったのだった。用務員のおじさんは、わたしを看護婦のおばさんに引き渡すと速攻で帰って行ってしまった。わたしのほうは、半分意識のない状態で、注射を打たれたり、何かを飲まされたりして、かなり怖い思いをしたのだった。

そのあと、なんとか意識を取り戻して、病院の診察室のベッドに横たわっている自分に気づくことになったが、ここで親切な女医さんに、

「どうする？　泊まっていく？　帰る？」

と、聞かれたように記憶している。

医師たるもの、保護者も近くにいない児童に、そんな大雑把なことを聞くだろうかという気もするけれども、あの大まかな質問がなければ、わたしが大病院を一人で出て喫茶店を目指すことはなかったのではないだろうか。

なにを処方してもらったのかは知らないけれども、そのときは一人で帰れるような気がしたわけだし、女医さんも帰してかまわないと判断したのだろう。

あの日を境に、わたしがナマズにアレルギーがあるということが判明するわけだけれども、学校給食であれなんであれ、ナマズが食卓に上ることは当時も今もわりと珍しいことであって、あれ以来、わたしは一度もあの症状に見舞われていない。

ともかくわたしは病院の大きな門を出て一人で歩き始めた。

一人で行けると判断したのは、つまり、病院が学校の斜め向かいにあったからで、学校から帰る道順と病院から家に帰る道順、そして喫茶店に行く道順は、ほぼ同じだったのである。女医さんが気づかなかったのは、わたしがまっすぐ家に帰らないという事実だった。彼女はわたしに、

「帰る？」

と聞いたわけだが、そのとき彼女の頭にあったのは、わたしのような小三児童が帰宅するべき家庭であったに違いないのに対し、わたしのほうは、家に帰っても親がいないので帰るといえば例の喫茶店に他ならない。

というわけで、わたしは一路、喫茶店を目指したのであった。

それが夏であったか秋であったか定かではない。しかし、学校へ行っているのだか

ら夏休みではなかったはずで、二学期の初めごろでであったろうか。太陽は高く、午後の日差しはそれなりに強く、歩いているうちに足元がゆらゆらとおぼつかなくなってきて、目の前の景色も霞《かす》み、とうとうまっくらになって、わたしは昏倒《こんとう》した。それから、気がつくとわたしは例の喫茶店の、隅の方の椅子《いす》を三つほどくっつけた上に横倒しに寝かされていた。わたしを運び込んでくれたのは、そのころよく店に来ていた「学生さん」であったらしい。

そう長いことではなかったのだが、たぶん一年か二年ほど、頻繁にあの店に出入りしていた青年がいた。

名前は知らないが、「学生さん」とか「学生」とか呼ばれていた。

老小説家や神主やマスターはときどきそんなふうに声をかけたけれど、彼が返事をしているのは見た記憶がない。マスターや老小説家も本人に呼びかけたわけではなくて、

「最近、学生、来てないね」

「だいじょうぶなのか」

「ちょっと心配だねえ」

といった、仲間内の会話に登場していたような気がする。

たしかに、ちょっと心配な感じの男性だった。痩《や》せていて、髪がゲゲゲの鬼太郎のような長さで、猫背でGパンを穿《は》いていた。夏も冬も同じような恰好《かっこう》をしていて、夏はシャツの腕を捲《たく》し上げ、冬は革ジャンを着こんでいた。ほかにはっきりした特徴は、いつも頭にヘッドフォンを載せていることだった。

店に入ってくると、ヘッドフォンを一瞬首のまわりに落とし、席について小さな声でコーヒーを注文した。あの店で、わざわざ豆の名前を言って注文する客は彼くらいなものだった。気分によって、あるいは天候やら、何かによって、飲みたい豆の種類が違ったのだろう。なんだかコーヒー豆に関してもいろいろ知識がありそうなのに、得意げに披露するでもなく、マスターと蘊蓄《うんちく》を語り合うでもなく、ただ、飲みたいコーヒーを注文すると、もう一度ヘッドフォンを頭に載せた。

彼が何を聴いていたのかは誰も知らない。誰にも聴かせようとしなかったから。あのころウォークマンは発売されたばかりで、それを持っているのはちょっとスタイリッシュなことだったはずだけれども、そこに座っている若い男はとくに恰好良くはなく、どちらかというと暗く、ガールフレンドを連れてくるような気の利《き》いたこともしなかった。

だから、その学生さんが店でのわたしの存在に気づいていたことも驚きだったし、倒れているわたしを発見して迷わず店に連れてきてくれていたことにもびっくりした。

しかし、若者らしく自意識の強い学生さんは、わたしを店に置くととっとと出て行ってしまったのだそうだ。起きたわたしに礼を言われたり、両親から礼をしたいのでと住所を聞かれたりすることを考えたら、居たたまれなくなったらしい。

目を覚ますと、マスターが気づいて、ホットミルクをマグカップに入れて持ってきてくれた。

「どうした、大丈夫か？」

わたしはうなずいてカップを手に取り、甘いホットミルクを口に含んだ。

何が起こったのかはいまでもよくわからないが、ショックが続いていたのか、あるいは緊張のあまり貧血でも起こしたんだろう。

「しばらく横になってていいよ。お客さんも少ないし、みんな知ってるから」

とマスターが言うので、わたしはミルクを飲んだ後、また椅子の上に寝転がった。

樽《たる》の中から見るいつもの風景と、ちょっと違って見えた。

店にやってきた常連たち、老小説家、神主、のちにわたしがバヤイというあだ名をつける生物学者などが、それぞれ心配してのぞき込み、声をかけてくれた。

「もし、もう少し寝るなら、二階に布団《ふとん》敷いてやろうか」

と、マスターが言った。

マスターが喫茶店の二階に住んでいることを、このときはじめてわたしは知った。他人の家で、他人の布団に横になるなんてことは、当時のわたしにはまったく考えられないことだったはずなのに、なぜかこのとき、わたしはうなずいた。うなずいて、マスターに手を引かれて二階に上がり、畳の上に広げられたせんべい布団の上に寝た。

そうしてまた、うつらうつらした。

ぼんやりと半分眠ったような状態で、わたしは病院からの道で起こったことを思い出した。店に向かう途中の路上でめまいのようなものに襲われ、とにもかくにも坂の上の分岐点の傍らにある児童公園によたよたと迷い込み、そこで目の前がまっくらになるという体験をして、ぶらんこの脇《わき》に倒れ込んでいた。

ウォークマンを耳につけたまま通りかかった学生さんが近くによって来るまでにどんな行動をしたのかはわからないが、

「だいじょうぶかっ？」

と叫びながら駆け寄ってくる、というようなことではなかった。

何かが見下ろしているような視線を感じて、おぼろげながら目を開くと、視線が合ったことに驚いてとびすさる学生さんがいた。彼は、そうしていったん後退してから、おどおどとまた近づいてきた。

「きみは、いつも喫茶店の樽の中にいる」

そう、学生さんは言った。わたしはかろうじてうなずいたのだと思う。

「喫茶店に行くところなのか」

わたしはもう一度うなずいたのだと思う。

すると学生さんは、少しあたりをはばかるように見回して、

「じゃあ、他に手段がないから、僕の背中に乗せよう」

と言ったように記憶している。

他に手段がないから。

そうして、学生さんはわたしの脇にしゃがみこみ、腕をとって彼の首周りに巻きつけ、わたしを背にひょいと負うと歩き出した。耳に、シャカシャカしたリズムが聞こえてきた。わたしは安心して身をゆだね、目をつぶった。

坂を下り切ると煙草屋《たばこや》の前で、彼はちょっと立ち止まり、自分の姿を右から左から店のガラス戸に映して確認した。

「もう少し、頭を左に。あまり、僕の首にきみの顔の一部分をくっつけるのはよくないことだから」

そう、学生さんが言ったと思う。

僕の首にきみの顔の一部分をくっつけるのはよくないことだから。

わたしの頰っぺたは彼の首筋に吸いつくようにくっついていたと思う。背負われている形状からいって、それをどうすることもできなかったような気がする。

「坂道なんかはいいんだけれど、この大通りに入ると、人の眼もあるでしょう」

学生さんは言った。

「こういう姿を見られるのは、僕としてはどちらかといえば不本意なんだ」

わたしはもちろんそれに答えようとはしなかった。そのときのコンディションでは、

「それは失礼いたしました。もう歩けますので下ろしてください」

と言うだけの気力はなかったし、煙草屋から喫茶店まではそんなに距離はなかったので、聞かない振りをしていたほうが利口だとも思った。

「人助けをするのが嫌というんじゃなくてね、人助けをしているところを人に見られるのが嫌なんだ。きみだから困るというのでもないんだ。そこのところは誤解しないようにしてください。僕が人助けをするような人間だと思われるのが気恥ずかしい。

僕のような人間が人助けをするとは思わなかったと、だいたいそういうふうに人は思うだろうからね。そして僕をそこから評価しようとする。幼い子供を助けたりするのは、やはり非常に人々の心に印象を深くするから。そのことが僕という人間の決定的な評価になってしまいがちです。そこのところが耐えられない。そこのところが許せない。なぜかと言うと、僕はそんなふうにみんなに思われるような人間ではないんだ。僕の中のこの黒い、暗い、おもに社会を形成する人々から隔絶したところ、強いていえば心の底に巣くう闇《やみ》のようなものばかりにすうっとひきつけられていく、そうした僕という人間の習性というか、本質というか、そういうものが、たとえばこうして、きみを負ぶって喫茶店に行ったというだけで、まさに漂白剤で洗われたように隠されてしまうことの欺瞞《ぎまん》に僕は耐えることができないんだ」

そんなようなことを、学生さんはぶつぶつ言っていたように覚えている。

もちろん、ずいぶん昔のことなので、わたしの記憶が脚色している部分もあるかとは思うけれども、ともかくシャカシャカとリズムを刻む音が響いていたのと、学生さんがなにやらぶつぶつ呟《つぶや》いていたことを、喫茶店の二階の布団の上で思い出したのだった。

早く喫茶店についてくれればいいのになと、半ば起き、半ば眠ったような頭で考えていたわたしは、学生さんが意を決して喫茶店のドアを開け、ちりんちりんと鈴がなり、マスターや老小説家がわらわらとよってきたあたりで安心し、そのあと、水を飲まされて喫茶店の椅子に寝かされるとくったりと眠り込んだ。学生さんが逃げるように店を出て行った姿は見ていない。

二階の布団のまどろみの中に、学生さんは再び登場した。つまり、夢の中に出てきたということだ。あるいは、その後何度か話したことが、いまや夢のできごとのようにわたしの記憶に定着したのかもしれない。いずれにしても、そのときまでわたしは他人の過剰な自意識の告白めいたものに遭遇したことがなかった。まあ、その後も、そんなによく遭遇するものでもないと思うが、強烈な印象を持ったのはたしかである。

「僕は自分がちっともいい人間じゃないことを知っている。僕のような人間と犯罪者を分けるものは、犯罪を犯したか犯さないかの違いでしかない。人はそんな僕の内面を覗《のぞ》き見たら恐怖に怯《おび》えるだろう。だけど、それは僕のこのひ弱そうな、一見やさしげでもある見かけに隠れて、誰の眼にも見えないんだよ。そんな中で、僕が一つの善行を積んだとしよう。それも善意からではなく、なにか、そう、たとえば気まぐれのような行動が、他人からは善行のように見えるということがある。いや、それも正しくないな。なぜなら僕はそれが他人から善行のように見えるということに十分自覚的なのだから、それが僕の善意から出ているのではないにしても、善意の行いめいた行いを行うことで、それを行ったという結果が残ることはもちろん意識しているんだ。しかもそこに人々の評価、好意的な評価がついてくると、思い及ばないわけでもない」

鬼太郎のように垂れた前髪を、学生さんはときどき細い指で掻《か》き上げることがあった。そうすると、意外に広いおでこが露出して、痩せているせいで頭蓋骨《ずがいこつ》の形がはっきりわかるような青白い顔があらわになる。喫茶店でコーヒーを飲んでいても、たまに学生さんは髪をこうして掻き上げる癖があって、そのときに視線は必ず窓ガラスに向けられていた。後から思うに、彼はわりあいと自分の顔が好きだったのではないだろうか。

「もちろん、善行についてくる人々の評価だって善意や好意からくるものだけではないことを僕は知っているよ。世の中には歪《ゆが》んだ考えを持つ人が僕だけではなくすごくたくさんいるんだからね。きみもそろそろ知っておいてよいころじゃないかと思う。何年生だっけ。ああ、ほんとうに、そろそろいろんなことを知るべき時期だよ。何を話していたんだったかな。そうそう、善意の行動、もしくは善意の行動だと、はた目からは見える行動を取った人物に対して、どういう評価が下されるかという話だ。賞賛や手放しの尊敬もあるだろうけれど、かえって反発や反感を呼ぶことすらあるかもしれないんだ。毀誉褒貶《きよほうへん》という言葉を知っているのかな。漢字で書くのはすごく難しいけれど、褒めたり貶《けな》したりっていう意味だよ。人の行為には、他人からの毀誉褒貶がつきものなんだ。どちらもたいしてうれしいものではないよ。人によっては、褒められることがうれしくなってしまうことがあるかもしれないが、そうした人間は、どう言ったらいいんだろう、はたから見ると、そうはたから、僕のような人間の眼で見ると、あまり魅力的には見えないんだ。ただし、僕にとって魅力的に見えるかどうかなんて、他人にとってはどうだっていいことだし、だいいち、魅力というのはそもそも」

わたしは学生さんのくどい言葉を夢うつつのうちに反芻《はんすう》した。

それから、今度こそはっきりと目を覚まし、布団の上で深呼吸と伸びをした。顔はもう腫《は》れていなかったし、呼吸も正常だった。よく寝たおかげで気分は爽快《そうかい》だった。わたしは階段を駆け下りて店に行き、まっすぐに樽の椅子に座り込んだ。店中を見回して学生さんがいなかったので、じつは少しがっかりした。

一、二週間ほど、学生さんは店に現れなかった。ほとぼりが冷めるのを待っていたのかもしれない。なんのほとぼりなのかわからないけれど。

次に彼が店にやってきたとき、わたしは樽の中から彼ばかり見ていたが、当然のことながら、彼はその視線に気づいた。自意識の強い人間にとって、他人の視線ほどたやすく気づけるものもないに違いない。

喫茶店にわたしと彼以外誰もいないときを見計らって、彼は樽に近づいてきた。やや硬い表情でアイコンタクトを取ると、裏口のドアから外へ出て行った。

わたしは樽から出て彼の後を追った。

「やあ」

煙草をくわえた学生さんは、驚くほどくったくなく挨拶《あいさつ》してくれた。

「あの後、どうなの？　また倒れたりしてる？」

わたしは首を横に振った。

「あんなふうに、店の中で僕のほうを見るのはよしてよ。マスターの眼が気になるからね。僕のほうも、きみがその後どうしているのかは気になっていたんだけど、僕のほうから気にかけていることをあからさまに示すのはどうしてもあれでしょう」

何があれなのか、わたしにはわかりかねたが、あまりわかる必要があるようにも思わなかったのと、学生さんが意外に気さくなので、適当に笑顔を作って対応した。

「店のみんながもっと僕にいろいろ言ってくるかと思ったんだけど、そうでもなかったんで少し安心したよ。まあ、この店にも通ってずいぶんになるから、僕の孤独を好む性向というか、放っておいてほしいという気持ちに、彼らが気づいてくれているのかもしれないけど。ここは居心地のいい店だよ。そうじゃなかったら、僕が来るわけはないんだけど」

そう言うと彼はケラケラ笑った。

「僕が入る喫茶店の選び方はね」

髪を掻き上げて青白い額を覗かせながら、秘密でも打ち明けるように学生さんは続ける。

「店に有線がないこと、店にテレビがないこと、店で誰も野球の話をしないことなんだ」

「野球の話？」

「初めて来た町で、どこかの店のドアを開けるでしょう？　するとそこで誰かが野球の話をしている。そうすると僕は静かにドアを閉める。そして、けっしてそこへは近づかないんだ」

「どうして？」

「ジャイアンツがどうしたとか、そういう話に興味がないだけじゃない。町の小さな喫茶店に馴染の客が集まっていると、町内会の草野球チームの話になったりするんだよ」

「町内会の草野球チーム?」

「どんな町にも草野球チームがあるし、だいたいにおいて人が足りないときてる。僕みたいな年齢の男がドアを開けて、その店に入って、しばらくその話を聞いてしまったら最後、次の日曜には必ず試合に駆り出されることになるんだ」

「必ず試合に?」

「賭《か》けてもいいよ」

鬼太郎ヘアの学生さんが、町内の草野球に駆り出されている姿を想像するのは難しかった。

「野球をするの?」

「誰が? 僕が?」

「そう」

「もちろんしない。だけどそれはやったことがないということでも、やる能力がないということでもないわけだよ。そして誰かが僕に草野球チームのメンバーにならないかと声をかけてくる。下手でもいいからとか、バット持って立っててくれりゃいいんだとか、そういうことを言ってくる。断ろうとすると、なぜだと聞いてくるんだ。なぜだと聞きたいのはこっちのほうだよね。なぜ人間すべてが野球をしなければならないんだ。なぜ若い男はみんな野球をすることになってる？　質問するほうがおかしいだろう。まず、あなたは野球に興味がありますか、と聞くべきなんだよ。そして、ありません、という答えが返ってきたら、もうそこで黙ってその若い男をほうっておくべきなんだ。スポーツは体にいいとか、友達を作る機会だなんて言い出す人もいるしね。そして恐ろしいのは、そこで一度断ったら最後、もう、その店に足を踏み入れることは不可能になるんだよ。なぜなら断った男の額には、草野球の誘いを断った男という刻印が押されてしまう。そして、彼らのコミュニティへの忠誠を誓わなかった男、踏み絵を踏むことを拒否した男として、暗黙の裡《うち》にコミュニティからの締め出しを食らうからなんだ。町内会の草野球チームに誘われたらもうアウトだよ。誘われてしまったら、その先は進むも地獄、退くも地獄さ。だから僕は、ドアを開けて、中から野球の話が聞こえてきたら、瞬時に踵《きびす》を返す。自分のために。そして、それはまあ、彼らのコミュニティのためでもあるんだよ」

裏口のドアが開いて、老小説家が顔を出した。

いままでリラックスして話していた学生さんの表情は一変し、煙草を吸いながら向こうを向いた。老小説家は妙な空気を感じ取って、わたしに何か聞きたそうな顔をしたけれど、おそらく学生さんの話していたことを聞かせてはいけないのだろうと感じ取って、わたしも黙ることにした。

一本吸い終わるのもそこそこに、学生さんは店の中に戻っていった。

「仲良しになったのかね」

と、老小説家はわたしに尋ねた。

わたしは少し考えたが、仲良しになったのかどうか、よくわからなかった。

「なんだかわからないが、あれは新しいタイプの耳栓だね」

老小説家は学生さんを見送って、両手で耳の横にヘッドフォンを思わせる形を作ってみせて言った。

「いまにあれをみんなやるようになるぜ。大人から子供まで。形はあのまんまかどうかわからんがね。みんな耳に栓をして、自分の聞きたい音だけ聞くようになるんだ。仲良くなるのはお断りしますってね。アタシはそうなる前に死んじゃうことにしてるんだけどね」

老小説家の言っていたことは、半分以上当たったのかもしれない。

三十年以上経《た》つと人々はスマートフォンやタブレットを手にしていて、耳にワイヤレスイヤフォンをつっこんでいる。

ともあれ、ヘッドフォンもタブレットも、それを持っただけで罪になるようなものでもないし、学生さんが多少人とコミュニケーションを取るのが苦手だったからといって、問題になるわけでもない。だいいち、十代や二十代初めの若者なんて、誰だってそんなものだろう。

それが、ちょっとした事件になったのは、それからまた少ししてからだった。

学校から喫茶店に行く道の途中、坂の上の分岐点にある児童公園に差し掛かると、そこにヘッドフォンをつけた学生さんが立っていて、わたしを見つけると、

「やあ」

と、片手を挙げた。

「こんにちは！」

と、わたしも言った。

「きみ、元気かなと思ってさ。気になってたんだけど、店で話すとほかの人の眼がうるさいでしょう。いま、ちょうどここを通りかかって、そういえばきみが倒れてたの

は、ここだなって思い出してたところなんだよ」

わたしはにっこりしたと思う。気にかけてもらえるのは、なんにしてもうれしいことだからだ。

そうして少しの間だけだけれど、わたしと学生さんは児童公園で会話した。それはむしろ自然なことで、いつもがちがちと人目を気にしてばかりいる彼が普通に話しかけてくれたのを、わたし自身も楽しんだと思う。じっさい、わたしのほうも、そう簡単に人馴れするほうでもなかったのだし、学生さんと話ができたのは、あの喫茶店の空間を共にしていた効果のおかげに違いない。

それだけならよかったのだが、この一件がいつもと違ったのは、突然そこへ自転車に乗ったお巡りさんがあらわれて、学生さんに尋問を開始したことだった。

「あなた、ここで何してるの」

「この女の子とはどういう関係なの」

「学生ならなんで学校に行かないの」

「身分証明書を見せなさいよ」

ちょっともっさりしたそのお巡りさんは、居丈高というよりは実直な質問ぶりで、悪気は感じさせなかったけれどもけっして感じがよくはなかった。

ほんの一瞬前まで、ただの大学生らしい柔和な表情でいたはずの学生さんは、にわかに鬼太郎ヘアの中に視線を隠し、自分の内側に閉じこもり始めた。そして、牡蠣《かき》が殻を閉じたように質問にまったく答えなかったため、

「じゃ、ちょっと、いっしょに来てくれる」

と、もっさり言うお巡りさんといっしょに、近所の交番まで連れて行かれてしまったのだった。

わたしは呆然《ぼうぜん》とし、しばらく児童公園で立ち尽くしていた。

それからランドセルの肩あてに両手を当てると、全速力で坂を下って、お店に直行した。

ドアを開けると、マスターと老小説家と神主が振り向いた。

「学生さんが」

わたしは切羽詰まった声を出した。

「お巡りさんに連れて行かれた」

「えええ？」

マスターの、コップを拭《ふ》く手が止まった。

「なんで？」

「ぜんぜん、わかんない」

「タタンちゃんは、それを見たわけか」

「坂の上の公園で、ばったり会って、お話ししてたら、お巡りさんが来て、連れて行った」

「なんだよ、学生さん、ああ見えてカゲキハなのか」

「カゲキハ、まだいるのか？」

「いるだろう。いるところには」

「いるところにはいるだろうけども、うちの店に来るかな」

「潜伏中なら、どこにいてもおかしくはないだろう」

「アタシ、ちょっと見てこようかな」

このごろ、書くことがなくって、ほんとに困ってたんだよ、カゲキハのことなんか、まあ、ちょっと古いネタだが、悪くはないねえ、と言いながら、老小説家はわたしの手を引いて外へ出た。交番まで、いつのまにかわたしが先導して、半ば老人をひっぱるみたいにして行ったのを覚えている。

交番で問題になったのは、学生さんが質問に答えて、持論の「僕のような人間と犯罪者を分けるものは、犯罪を犯したか犯さないかの違いでしかない」を語り出したせいらしかった。何が起こったかというと、坂のあたりならないだろうと学生さんが決めつけていた「人の眼」が、じつはしっかりあって、ヘンな若い学生が小さな女の子と公園にいるのが不審なので見に行ってほしいと交番に通報があったのだという。

それでも学生さんが普通の態度を取っていれば、どうってこともなかったのに、「僕のこの仄暗《ほのぐら》い心の闇」がどうのこうのと、交番で一人語りを始めてしまったがために、実直なお巡りさんは学生さんを無罪と判断しかねて悩んでしまったのだった。

「あなたはこの男がカゲキハだと思ったのかね。それとも未成年者にわいせつな行動を取ったのだと思ったのかね。そういうふうに一般市民を疑いの目で見ていいもんなのかね」

老小説家は自分の職業と知名度をかさ増しして告げた後で学生さんの人物を保証し、実直なお巡りさんをさんざんやり込めた。それから、わたしたちは店に帰ってそれぞれ温かい飲み物を飲んだ。

学生さんはヘッドフォンを外し、田中一郎ですと自己紹介した。

その一件のあと、学生さんは憑《つ》き物が落ちたように普通になって、ヘッドフォンなしで喫茶店にあらわれ、たまには店の客と話までした。町内会の草野球チームに誘ってみたら、ひょっとしたら外野手くらいやったかもしれない。

しばらくそうしていて、それから姿をあらわさなくなった。就職が決まって故郷に帰るのだと、マスターは報告を受けたと言っていた。

バヤイの孤独

あの店に来ていた客たちは、誰もがどことなく孤独だった。

それぞれ家に帰れば、家族がある人もいただろうし、恋人がいた可能性もなきにしもあらずで、当然のことながら、それぞれの仕事関係の人脈などもあっただろう。だから、小学生のわたしにそんなふうに思われるのは心外かもしれないけれど、それでもなんだか、彼らはみんな独特のひとりぼっち感を漂わせていた。

学生さんが、町内会の野球チームに誘われる心配は、たしかにあの店では無用だった。そういう空気がなかったところへもってきて、マスターは野球が嫌いだった。どうしてだかわからないけれども、入ってきた客が「巨人が」とか「大洋が」とか言って話しかけてくると、無口なマスターは不機嫌に背を向けて、必要以上に時間をかけて皿を洗いはじめるから、いつのまにかそういう人は寄り付かなくなった。

そのかわり、マスターが好きなのは相撲だった。大相撲も嫌いではなさそうだったが、店に出入りする私立大学の相撲部の連中を応援していた。体育会系だけに上下関係があって、先輩が座らないと全員が立っているのでうっとうしいことこの上なかったが、その大学相撲部の伝統なのかなんなのか全員がマスター並みに無口で、もくもくとスパゲティナポリタンやミックスサンドイッチを大量に消費して帰って行く。上級生が卒業して代替わりしても、行動パターンはほとんど変わらず、大きい人たちが大勢でやってきて、たくさん食べて引き上げていくのを、マスターは気持ちよさそうに見守っていたものだった。

応援しているといっても、相撲部の試合の観戦に出かけていくというようなこともなく、常連客にも応援を強要するということもなかった。店の客同士でいっしょに何かをするという発想は、あの店にはなかった。

強いていえば、神主がしきりにトミーを応援していたことくらいだろうか。ただ、その神主にしても、店の客たちにトミーの出ている芝居の切符を売りつけるとか、そういう類《たぐ》いの行動はしていなかった。トミーのことをトミーと呼んでいるのも、神主ひとりだった。はた目にはあまりそうも見えなかったけれども、トミーには役者として成功したいという意志みたいなものがあったのかもしれない。

「あきらめちゃだめよ、トミー」

と神主はよくトミーを励ましていた。

「トミーたち若手で勉強会始めて、ゾーハンしちゃえばいいの。うちを稽古場《けいこば》に使わしてあげるわよ」

と言っていたこともある。

七〇年代の終わりごろで、「造反」という言葉はまだ世の中に生きていた。反抗、ほどの意味であったと思う。

神主はトミーを「トミー」とアメリカ人みたいに呼ぶ時と、「トミオ」と呼ぶ時があった。そして「トミオ」と呼ぶ時はそれをイタリア人みたいに呼んだ。「ロミオとジュリエット」の「ロミオ」のイントネーション、もしくは、「トーミオ」に近い、「ト」の後を気取って伸ばした呼び方をしていた。

トミーはたいてい自転車に乗ってきていて、自転車にごていねいに「菅原富男」と名前を書いていたので、わたしは彼が「トーミオ」でも「トミー」でもないと知っていた。だから、神主が妙な呼び方をするたびにイライラした。神主はトミーに自分を「アラン」と呼ばせようとしていたが、トミーは抵抗していつも「アラマタさん」と呼んでいた。

近くの研究機関でサケウシという生物の研究をしている学者もいた。サケウシ研究の第一人者だった。

「第一人者とは多くのばやい、ほかにそれをやるものがいないということである。ほかにそれをやるものがいないばやい、誰もそれを知らないにほぼ等しい。知られていないことと存在しないことはけっしてイコールでは結ばれないながら、知らないことと存在しないことはそれを知覚しないという次元で同じである。それゆえ、ある視点を導入したばやい、誰も知らないことをやっているということはなにもやっていないことに等しい。この観点に立てば、第一人者とはすなわち、なにもやっていない人間のことなのです」

と、男は小学生に向かって説明してみせた。

いま記憶をたどると、たしかそういう順序で説明してくれたように思うのだけれど、当時はこの人が「場合」と言うと「ばやい」に聞こえるのが気になり、ちゃんと「ばあい」と言えないのかと、腹を立てていた。そのころのわたしは間違った言葉に対して大変心が狭くて、学校でクラスメイトが「体育」を「たいく」と言ったり、「雰囲気」を「ふいんき」と言ったり、「女王」を「じょうおう」と言ったりするたびに、ピーッと笛を吹いて黄色いカードを押しつけたい気持ちになったものだった。ともかくこのような性癖があったため、わたしはこっそりサケウシ研究者にバヤイという綽《あだ》名《な》をつけた。

バヤイとトミーと神主は、ずいぶん長いこと常連だったが、トミーと神主はいつのまにか現れなくなった。先に来なくなったのはトミーで、しばらく一人で来ていた神主の姿を最後に見た日、神主はコーヒーを飲みながら泣いていた。

すすっと洟《はな》をすすり上げる音が静かな喫茶店に響いて、大人向けの漫画を読んでい

たわたしは顔を上げた。神主の目から涙が零《こぼ》れ落ち、彼は心もち顎《あご》を上げて窓の外に視線を逸《そ》らした。わたしはうろたえて漫画に目を落とし、気がつかないふりをするためだけに、ざらざらするページをめくった。

あの日、神主とわたしとマスターとバヤイだけが店にいた。

神主が一杯分のコーヒー代を払って出て行った後、バヤイはわたしに孤独について話した。あるいはあの日ではなかったかもしれない。いずれにしてもバヤイは孤独について話した。

「誰かを思って泣く孤独はいいものだ。それがいかに辛《つら》かろうといいものだ。孤独には二種類あって、誰かを思う孤独と、まるでそこになにもない無のような孤独があり、誰かを思う孤独は思う人の心の中に誰かが存在する分、厳密には孤独ではないとも言える。誰にも思われず、誰にも知られず、誰にも理解されないばやい、人は自分の存

在すら疑うほどの孤独に直面する。そんなときに人を救うのは誰かを思う孤独である」

そう、バヤイが言ったように思うのだが、なぜそんなことを小学生に向かって言わねばならないのか、その必然性がわからない。もしかしたら記憶の中で、神主の涙とバヤイの話を、わたしは勝手に結びつけたのかもしれない。

バヤイはごま塩頭で白衣を着ていた。しかしこの思い出はどこか嘘《うそ》くさい。ごま塩頭はわかるが白衣は変だ。人はあまり白衣を着て喫茶店に行かない。だからこれは、「博士」的なキャラクターを強調したいためにわたしが捏造《ねつぞう》したコスチュームかもしれない。バヤイは眼鏡もかけていた。これはたしかに、かけていたと思われる。

そしてある日、たしかにバヤイはわたしを連れ出して近くの小川のほとりまで行ったのだった。母からわたしを預かっているはずのマスターは止めなかったのか。そもそもその日わたしは喫茶店に行ったのか。なぜわたしがバヤイといなければならなかったのか、どうしても思い出せないけれども、わたしたちは川岸の大きな石の上に腰をかけ、バヤイの買ったクリームパンを仲良く分けて食べたのだった。

クリームパンはおいしかったが、川はたいへん嘆かわしい生活排水の臭《にお》いがした。クリームパンがよほど好きでなければ、あんなところで物を食べたいとは思わなかっただろう。そしてわたしはクリームパンがよほど好きであったらしい。

「おまえも大きくなれば、きっと恋をする」

という意味のことを、バヤイは言ったと思う。

わたしは恋について大人と話すのが初めてだった。初めてであったばかりか、後にも先にもそんなことはしたことがない。ほとんど口を利《き》いたこともない、年の離れた他人と恋について話そうなんて、思いつきもしない。

しかしとにかくバヤイはそう言った。

「恋ほど孤独なものはない。恋ほど豊かな孤独はない。いつかおまえも恋をするだろう。そのときときっとおまえは気づくはずだ」

バヤイが孤独について話したのは、もしかしたら神主の涙を見た時ではなくてこのときだったのかもしれない。

「いまどきの若いものは、ひっついたり離れたり、ああいうのを恋だと思っているようだが、恋というのは人の一生において、そんなに何度も訪れるものではない。まったく訪れないことすらある。ほとんどの人間にはまったく訪れない。なんとなくそばにいた相手とくっつくのを恋だと思っているようなものに、真実など教えようもないが、あれはまったく、恋とは別の、生理現象の一形態である。おまえなどは幼くて、まだわからないかもしれない。しかし後学のために聞いておいたらいい。恋だけが、人から境界を奪う。恋だけが、階級も国籍も年齢も性別の壁も超える」

これを言ったのは、バヤイであったのか神主であったのか、書いていてよくわからなくなってきた。この言葉を聞いたとき、わたしは小学三年生だったが、恋が性別の壁を超えるという言葉にまったく違和感はなかったし、それはあまりにも容易に神主とトミーの姿に結びつけられた。

しかし、バヤイの恋愛論はそれだけでは終わらず、性別、の後に、「種別」が入った。あるいは最初からバヤイは「種別」と言ったのに、それが聞きなれない言葉だったから、わたしは神主とトミーを想像して「性別」と入れ替えたのかもしれない。

「種別？」

わたしはクリームパンを食べながら聞き返した。

「種別。われわれと、サケウシでは、種が違う」

ああそうか、と、わたしは思った。思ったとたん、バヤイは首を横にふるふると振った。

「そうではない。私が恋したのは、サケウシではありません。もちろんサケウシと恋に落ちたと言えなくもないが、それはあくまで文学的、比喩《ひゆ》的な言葉の使い方であって、私とサケウシのばやいは研究者と研究対象以外のなにものでもない」

それからしばらくバヤイは黙ってパンを食べていたように思う。

「その相手は、たいへん白かった」

バヤイはうっとりと口に出し、

「仮にその相手を、彼女と呼ぼう」

と、言った。

彼女はどこまでも雪のように白かった。

白くて大きくてぬるっとしていた。

「ぬるっと？」

わたしは思わず声を上げたが、最後まで黙って聞くように促すバヤイの目がわたしを制した。

全体的に彼女はぬるぬるしていたが、体温はあって温かかった。とくに、彼女が差し出す手の先にあるイボはぬるっというよりもツルッとしていて、彼女の体の器官の中で、もっとも温かく、かつぬけるように白かった。

彼女はしょっちゅうバヤイのそばにやってきた。彼女の言葉が、バヤイにはわからなかった。言葉は、「しゅるしゅるしゅる」とか「しるしるしる」とかいったものにしか聞こえなかった。バヤイはあるとき、彼女の話し方をそっくりそのまま真似《まね》して「しるん」と言ってみた。彼女は仰天してパニックになった。

パニックになったのは彼女だけではなくて、白い大きいものたちが全部パニックになって、こぶし大の石が檻《おり》の中のバヤイに投げつけられた。

「檻?」

そうたずねようとして、しかしわたしは口を閉じたままでいた。バヤイの話は続いた。

バヤイは研究者らしい探究心から、もう一度「しるん」と言ってみた。すると今度は、白いものたちが喝采《かっさい》のような声をあげ、彼女がフラダンスのように腰をゆらゆらさせて踊り始めた。

バヤイはもう一度、さらに熱心に「しるん」と言ってみた。

今度はなにも起こらなかった。

結局、バヤイの「しるん」がなにを意味するものなのか、わからずじまいだった。なぜ石がぶつけられ、なぜ彼女が踊ったのか、それがバヤイの行動と関連したできごとなのかもわからなかった。

「白いものたちの理解を得ようと、私は昭和四十二年からずっと、健康のために習っていた太極拳《たいきょくけん》を披露したりした。なにかしないではいられなかった。白いものたちが私に注目してくれるなら、それを利用しない手はないと思ったものだから。人前に出ることが何より苦手だった私が太極拳をやって見せたのはそういうわけだったのです」

バヤイは一人話し続け、わたしはパンを食べ続けた。バヤイの紙袋には、子どもに一時に与えるべきではない量のクリームパンが入っていた。

「いま思っても赤面するが、『北国の春』を歌ったこともある。あれは私にできる唯《ゆい》一《いつ》の宴会芸で、どうしてもやらなければならない時にしかしないことなのに、私は夢中で歌ったんだ。『北国の春』を聞かせてどうなると思ったわけじゃないけれども。もしかしたら繰り返しの『あのふーるさとへかえろかなー』という部分が、私を突き動かしたのかもしれないんだね。私はあらゆることをしてみせた。私への関心は日毎《ひごと》に高まっていくように見えた。私はけっして忘れまい。彼女が私を連れ出した日のことを。私は彼女に手をとられていてね、そのころはもう多少ぬるっとしていようが気にならなくなっていた。戸外は風がなく、温度も湿度も適度で、空に雲がぽっかり浮かんでいた。私はゆるんだ涙腺《るいせん》から流れるものをふきとった。そして目を上げた。その時、ひゅーんと音がして、光が炸裂《さくれつ》した。あちこちで。ひゅーん、ひゅーん、と。

そして私の目を射抜いたものは、『うちへ帰るにはどうす』という十文字でした。私は驚いて眼鏡を落としてしまった。なぜならそれこそは、私が孤独のうちに一人書きなぐった言葉であり、白いものたちがまったく理解しなかった言葉だったからだ」

わたしはバヤイの紙袋からテトラパックの牛乳を取り出し、ストローを差し入れてチュウと吸った。

「白いものたちはてんでに黒い筒を持っていて、それを空に向けて操作している。それぞれの筒についた紐《ひも》を引っ張ると、打ち上げ花火みたいに空に光が走り、ひゅーんと音がして、ぱん、ぱんと文字が打ち出されるのです。彼らがいっせいに打ち上げたので、空中《そらじゅう》私の言葉でいっぱいになった。ひゅーん、ぱん、ぱん。ひゅーん、ぱん、ぱん。そして彼女も嬉《うれ》しそうに文字を打ち出す。うちへ帰るにはどうす、うちへ帰るにはどうす、うちへ帰るにはどうす……」

「どうして、『どうす』って終わるの？　どうして『る』がないの？」

「知らん。私の書いたものを勝手に持って行って玩具《おもちゃ》にしたんだ。白いものたちは、文字が読めるわけじゃないんだ」

わたしは牛乳を吸った。

もちろん当時でさえ、わたしはもう少し違う質問をしたほうがいいように感じてはいた。「白いもの」とはなんなのか、なぜバヤイは檻の中にいたのか、「私の書いたものを勝手に持って行って玩具にした」とはなんのことか、一から順序立てて話してくれと言うべきかもしれなかった。

しかし小学三年生のわたしには、バヤイの一方的な告白を、クリームパンを食べながら聞き流すことしかできなかった。

「私は彼女から筒を取りあげ、操作した。ひゅーん、と音がして、『うちへ帰るにはどうす』という文字が虚《むな》しく空へ打ち出された。白いものたちはてんでに黒い筒を持ち、空に文字を書いた。しるしるしるっと楽しげに。こんなことがありますか。こんな孤独がありますか。私はね。私は宇宙でいちばん孤独だった」

バヤイも紙袋から牛乳を取り出した。バヤイの食生活は、若干乳製品に偏《かたよ》っているような気がしないでもなかった。袋の中には、チーズ蒲鉾《かまぼこ》も二本入っていたからである。

「しかしね。いつか機会が来たら、このことを詳しく書くつもりだけれども、私が彼女に恋をしたのは、この後だった。そう、恋だ。彼女は私の言葉も、私の歌もなにも理解しなかったけれど、私の怒りと悲しみを理解した。彼女は、白い、白いツルリとしたイボを、私の額に当ててくれたのだ。私は大声で泣きました。胸いっぱいの孤独と悲しみは、涙となって流れていくようであったよ。そして彼女はその間ずっと、ツルツルのイボを当て続けていてくれた。あれ以上の慰めを、私はこちらに帰ってからも得たことはない。言葉があっても、あるいはあるだけに、人は一層一人ぼっちになることがある。私はあの日、一人ではなかった。あれは生涯に一度の恋だ。それこそが恋だ。そして失うことのない孤独だ。私は彼女を思い続け、彼女を思うという深い孤独の内にある」

バヤイはふうっとため息をついた。

どうやら話が終わったようだった。

わたしもこれ以上食べられないくらいのクリームパンを食べ、牛乳でさらにそれを膨張させ、しかもチーズ蒲鉾をしゃぶっていた。そろそろ立って喫茶店に帰らないと、母が迎えに来てしまうだろうと思った。

バヤイは立ち上がり、手を取って、わたしのことも立ち上がらせた。

「だーれにも、言うな」

かがんだバヤイは、わたしの耳元でそう言った。

わたしはなにも言わなかった。第一になにを言ったらいいのかわからなかったし、第二に、なにか言ったら戻してしまいそうなほど、お腹《なか》がいっぱいだったのだ。

あれから三年ほどして、わたしたち一家は引っ越した。

バヤイはいまどこにいてなにをしているのだろう。もしかしたらもう亡《な》くなっただろうか。

ひょっとして手がかりがあるかと思って、サケウシについて調べてみても、まったくわからなかった。そもそもそういう生物じたいが、ないかのようである。

しかし、バヤイがバヤイの使った意味において、「サケウシの第一人者」だったとするならば、サケウシはバヤイとともに「誰にも知られていない」ということになる。それは「存在しない」とほぼ同じといえども、逆説的には、「存在する」ことにならないだろうか。だって、わたしはバヤイを知っているし、バヤイはサケウシを知っていた。

子供のころは、サケウシとはウミウシの一種だと思っていた。ウミウシの属する後《こう》鰓類《さいるい》は生物学上、多系統に属し、分類しづらい生物として考えられているようだ。多系統というものじたい、異なった先祖からよく似た生物が進化しているのでどう分類したらいいかわからないから、ごちゃっとまとめて「多」と分けておいたといったニュアンスが感じられる。おそらくサケウシも、とてつもなく分類しづらい生物の一種なのだろう。

孤独について考えるとき、時々バヤイのことを思い出す。

バヤイとツルリとしたイボを持つ白いもののことを考える。

そうするとなんだか涙が出てきて、なにかが存在しないなんてけっして思えなくなる。

サンタ・クロースとしもやけ

彼はサンタ・クロースだった。

よくある話だけれど、隣町の商店街のイベントに雇われていたのだろう。冬休みのその時期になると、毎日、喫茶店にやってきた。なぜあの喫茶店までわざわざコーヒーを飲みに来ていたのかはわからないけれど、季節労働者として雇われた彼はホテル住まいか何かで、雇い主にあてがわれた宿が近くにあったとか、そういう理由かもしれない。

あるいは、隣町の商店街ではサンタ・クロースをさんざんやっているわけだから、おいそれとコーヒーを飲んで休むこともできずに、少し離れたあの場所へ来ていたのかもしれない。

サンタ・クロースの格好はしていなかったはずだけれど、わたしの記憶の中では、彼はいつも赤い帽子に赤いパジャマの上下のようなものを着ている。だっておなかもぽっこりしているし、巨体でもじゃもじゃした髭《ひげ》が口の周りを覆《おお》っていて、彼の風貌《ふうぼう》はサンタ・クロース以外の何者でもなかった。

しかも、彼は外国人だった。いや、国籍まで確かめたわけではないので、もしかしたら日本人である可能性もあったけれど、外国人のような目鼻立ちをしていた。わたしが彼を外国人だと思ったのは、高見山に似ていたからだと思う。太っちょの体型も似ていたし、髪型やもみあげの感じも似ていた。丸い鼻をしていて目が引っ込んでいていつも笑っているような顔つきも、あの人気者の相撲取りにそっくりだった。違ったのは彼の髪の毛が高見山よりも明るい色をしていたことだった。いや、彼の髪が白っぽい金髪だったように思っているのも、サンタ・クロースの扮装《ふんそう》と同じ、後付けの記憶なのかもしれない。

まだあのころ高見山は現役で、テレビＣＭなどでも活躍していた。だから喫茶店のメンバーも、勝手に「ジェシー」と呼んだりしていたけれど、彼はわたしの冬休みのヒーローだった。

わたしが冬休みを心から楽しみにしていたことだけは、間違いのない事実だ。なにしろ学校に行かなくていいのは素晴らしいことだった。もちろん、春休みや夏休みも悪くはなかったが、春休みの場合は、新学期が始まると何が起こるのだろうと不安定な気持ちで過ごすことになったし、夏休みは宿題に苦しめられた。ほかにもプールとかラジオ体操とか、ちっとも好きになれないあれこれがあり、父の実家に里帰りするのも、祖母が亡《な》くなってしまってからはたいして魅力的な選択肢とは思えなかった。

そこへいくと冬休みというのは、そんなに宿題も出なかったし、クリスマスとお正月があったし、ときどき雪が降ったりして、わたしは一年でいちばんいい季節だと思っていた。ただし、わたしが雪好きになったのは、彼と出会って以降のことになる。

なぜならわたしは幼児のころから冷え性で、冬になるとかならずや重度のしもやけに悩まされていたからである。しもやけというのは、ある日とつぜん出現する。寒いなーと思ってこすっていた手足が、いつのまにか感覚をなくし、しびれたようになって存在感を失ったかと思えるのもつかの間、次の瞬間にはじんじんと血管が圧迫されるような感覚が起こり、該当箇所が赤く膨らんできて、猛烈な痒《かゆ》みが襲い、もう痒み以外のことは何一つ考えられなくなる。それがしもやけである。

冷たいときは痛く、温かくなれば痒みに変化する。こうした状態で雪道を歩くのには、尋常ならざる困難が伴うのだった。赤や黄色のゴム製の子ども用長靴は、雨上がりの日向《ひなた》で水たまりに入ってみるのにこそ適した代物《しろもの》で、積もった雪の中を歩けばたちどころに雪を収集して中で水に変える容器となり果てる。氷水に浸《つ》かった足先のしもやけは重症度を増し、いずれ水疱《すいほう》が破れて体液が飛び出し、ぐちゃぐちゃした皮膚がとんでもない痛みを発することになるのだった。

これはわたしの家では「しもやけが崩れる」という言葉で説明されていて、「崩れ」たら最後、もうそれは痛くて痛くて、とても歩けたものではないし、立っていることすら難しくなるのだった。

「雪→しもやけ→崩れ」の法則は、わたしの中ではほとんど百パーセントの確率で起こりうることと学習されていたため、雪の日はぜったいに外になんか出たくなかった。しかしまあ、学校に行くようになれば、出ないというわけにもいかない。両親が共働きの我が家の場合、冬休みであっても家にずっといるということは許されず、朝、母が出勤する時間にいっしょに出かけて喫茶店に行くことになる。母はそこにわたしをあずけて、そして夕刻にまた回収しに現れるのだった。

そして問題は坂である。家から学校までは平たんな道なのでまだいいとしても、わたしは放課後に坂を下って喫茶店に行かなければならない。喫茶店の中は暖かく、いまでもわたしに最大の安心感を与えてくれるところのコーヒー豆の匂《にお》いに満ちていて、赤い樽《たる》の近くには石油ストーブだってあったから、冬のたいへんさを忘れるのに悪くない場所だったが、いかんせんそこまではちょっと遠くて、坂はつるつる滑るのだった。

雪が降っている中を歩くのも困難だったけれど、降った次の日は地面が凍ってしまい、なんだか恐ろしい場所に変身していたのだった。

そんなある日、わたしは耳の後ろで、

「ホーホーホー！」

という声を聴いた。

何事かと思った。振り向くとそこに巨体のサンタ・クロースがいて、

「ホーホーホー！」

と叫ぶなりわたしをつかまえて、滑り出したのだった。

彼は橇《そり》を持っていた。橇というか、板切れというか、なんだかそんなようなものだ。

彼は、こわごわ雪の上で足をちょっとずつ動かしているわたしを、あっという間に抱きかかえると、なぜだかその橇状のものの上に座り込み、

「ホーホーホー！」

と笑いながら一気に坂を滑り降りたのだった。

ざざっと雪をかきわけて坂の下までたどり着くと、今度は橇を肩に担《かつ》ぎあげた。

「店に行くんだろ」

そう、サンタ・クロースは言った。

「行こうぜ、こっからは歩きだ」

ほんとうに彼がこんなふうに言ったのかどうか、心もとなくなってきた。というのも、彼はほんとうに、外国人の顔をしていて、店ではほとんど日本語をしゃべらなかったからだ。

でもまあ、こんなことは言っても言わなくても態度で示せばわかることだった。彼は店に向かって歩き出した。わたしは彼の後をついて歩いた。

心の底から驚いたわりには、不安も不満も芽生えなかったのは、彼とはすでに店の中で遭遇していて、誰だか知っていたからだろう。ほんとうを言えば、両親と隣町に買い物に出たときにショッピングセンターに座っているのを見かけたことがあり、そのあと店であったときに、挨拶《あいさつ》をした仲ではあったのだった。

樽の中から見つめると、彼はにっこりした。ショッピングセンターでよいこといっしょに写真を撮っていたときと同じ顔だった。

おそらくわたしの表情に、「前に会いましたね」というサインを見て取ったのだろう。彼は何かわたしに話しかけようとしたが、たぶん、何も言わなかった。言ったと

したら、

「ホーホーホー！」

だったはずだ。でも、わたしは彼の言いたいことがほぼわかった。わたしたちは一瞬にして理解しあったのだ。

顔見知りでお互いに親しみを感じてはいたものの、最初に後ろから抱きつかれて坂を橇で下ったときは、ほんとうに驚いた。それこそ、誰かに見られたらまずい光景だったのではないだろうか。しかし、幸いなことに、わたしと彼が橇で坂を下りた件については、誰も警察に通報しなかった。雪があるうちは、彼は何度も滑ったし、わたしと彼がそのようにして雪の日をともに過ごしたのは一年だけではなかったと記憶するけれども、正確に、何度そうしたか問われると答えに窮する。十二月の雪はそう毎年あることでもないし、ひょっとしたら二、三回程度のことだったのかもしれない。

ともかく、彼と一緒に坂の下についた途端に、わたしは何かを悟ったような心境になった。つまり、人は雪道を、歩かずに滑るということだってできるのだと。とくにそれが坂の場合はなおさら。足ではなく、尻《しり》で移動してなぜいけない？

わたしたちはそれから仲良く喫茶店に行き、それぞれお気に入りの位置に腰を落ち着けた。

老小説家や神主や生物学者や歌舞伎《かぶき》役者が来ているときには、「ジェシー」はわたしに話しかけてこなかった。髙見山そっくりのサンタ・クロースは、店に客がいない時間、ことに、マスターがあまりの暇さにうっかり居眠りしてしまうような時間にだけ、樽のそばの石油ストーブの前の席にやってきて、手や足を温めながら話をした。店にほかに人がいないときには、彼は流暢《りゅうちょう》な日本語を操った。そうでなければ私たちが会話できるわけがない。しかし、なんとなく彼が日本語をしゃべる姿を思い浮かべることができない。わたしたちはお互いにテレパシーが使えるわけでもない。いや、彼はわたしにテレパシーを使って話しかけたんだろうか。

彼はノースダコタのトウモロコシ農家で生まれた。敬虔《けいけん》なクリスチャンの家庭で、父と母、二人の兄と妹の六人家族、小さなころから雪に埋もれて育った。

外国に行くことになるまで、彼は山や木を見たことがなかった。まあ、ほんとうかどうか知らないけれども、とにかく彼はそう言った。アメリカ国内での旅行はしたことがないのだそうだ。なにしろノースダコタは見渡す限りの大平原で、彼が知っているすべての地面は、冬場は雪に覆われ、夏場はトウモロコシが生えていたのだそうだ。

冬になるとマイナス三十度になったりする土地では、冬場の移動はスノーモービル。ちょっと歩くのにもクロスカントリースキーを履くのはもちろんのこと、皮膚が少しでも直《じか》に空気に触れると、触れるそばから凍りつくのだという。

わたしはもちろん彼に、しもやけについてたずねてみた。

「ホーホーホー！」

と、彼は答えた。

「ノースダコタの子どもが最初に覚えるのは、しもやけと友達になる方法だよ」

とかなんとか。

わたしが彼に、しもやけと友達になる方法を教えてもらったのは、のちの話になるけれども。

高校を卒業すると兄さんたちは次々に軍隊に入隊した。当時、アメリカはベトナムで戦争をしていた。

そして次々に亡くなった。

三番目の息子が高校を卒業しようというころ、お母さんは息子に言ったそうだ。おまえだけは軍隊にやりたくない。どんな方法を使ってもかまわないから、兵隊にはいかないで頂戴《ちょうだい》。

そこで彼は図書館でいろいろなことを調べ、体重が重すぎると徴兵を免れると知った。

それからの彼は食べて、食べて、食べて、ものすごい勢いで太っていった。最終的に体重が百六十キロを超えたので、徴兵検査のときに見事に不合格をもらうことができて、お母さんと妹はものすごい勢いで大量のクッキーを焼いてお祝いをしたのだそうだ。しかし、こっそりと。

ただ、こうして兵役逃れをした彼にとって、ノースダコタの田舎町はすごく居心地がいいってことはなかった。周りには帰還兵もいたし、息子を戦地に送っている家庭もあったし、太ってずるしてのらくらしているみたいに言われるのは、あまり気持ちのいいものではなかったらしい。そこで彼はお母さんと妹を説得してラップランドに出かけて行った。サンタ・クロースになろうと思ったのだ。

彼はそれを若者が読む男性週刊誌の記事で見つけたそうだ。「ラップランドに行ってサンタ・クロースになろう！　研修中の滞在費と生活費支給。一人前のサンタ・クロースになれば高収入を保証します！」

体が大きい彼としては、まったく自分にぴったりの仕事だと思ったのだろうし、兵士にはならなかったが外国に行くのは悪くないような気がしたのだろう。

こうして彼は一路ラップランドを目指した。

ラップランドのサンタ・クロース養成所には、全世界から応募した太っちょたちが集っていた。

「ホーホーホー！」という声の出し方、トナカイの橇の操り方（じっさいにこれはとくに役に立つ技術ではなかったけれども）、子どもたちへの接し方、声楽レッスン、ダンスなどの研修があった。ラップランドはノースダコタと同じように、皮膚が凍りつくほど寒かったけれども、似たような太っちょたちと赤い服を着て研修に励むのはなかなか楽しかったそうだ。

そしてあるとき彼はサンタ・クロース仲間に恋をした。

「ラップランドには、いろんなサンタがいたんだ。もちろん女のサンタもいたし。ぼくが恋したサンタは、少しモンゴロイド系の入った、太ったサーミ人の女の子で、とてもきれいな声でヨイクと呼ばれる伝統的な歌を歌ってくれたもんだ」

女のサンタもいる、なんて話はまったく聞いたことがなかった。だいたいサンタが複数いるということも初めて彼から聞かされた。

「だって一人で世界中回るわけにいかないだろう。常識で考えても」

ころころいっぱいいるサンタ・クロースを想像するとおかしかったが、驚いたのは、

「サンタ・クロース同士の恋愛はタブー」という養成所の決まりを聞いたときだ。

「もちろん、規則で禁止されているとかそういうことじゃないんだけどね」

と、彼はあごひげを撫《な》でながら言った。

「つらいんだよ。必ず別れが来るから。サンタはいずれどこかの国の子どもたちに会いに行かなきゃならないだろ。恋人同士がいっしょに派遣されることはまずないんだ。しかもラップランドは北のはずれにありすぎて冬は太陽の出ている時間がものすごく少ないんだ。そうすると人はどうなるか知ってる?」

「日焼けしない」

「そうだな。日焼けしない。だけどぼくが言いたいのは、人間は日に当たらないと気持ちが暗くなっちゃうってこと」

「日に当たらないと?」

「そう。日に当たらないと気持ちが病気になる」

「病気に?」

「そう。つまり、鬱《うつ》になったりする」

うつ、という言葉を彼が使ったのかどうか定かではないけれども、まあこんなような会話があり、彼がかわいい太っちょのサーミ人と別れなければならなくて、サーミ人の彼女が精神的危機に陥った話も聞いた。

「彼女はもともと少し繊細すぎたんだ。結局、サンタの激務に耐えられず、田舎に帰ってしまうことになった。ぼくは休みになると何度か彼女の家を訪ねたんだけど、それも彼女にはよく働いたのか悪く働いたのかわからない」

研修期間を終えて、日本に派遣されることが決まったころ、クリスマスシーズンまでの間の抜けた時間を、彼は彼女の田舎で過ごした。湖の近くだったけれど、当然のことながら、もう秋になれば氷が張るような湖だった。二人は湖の上でアイススケートをしたり、針葉樹にからみついた雪が木を雪男の集団みたいに変える中をクロスカントリースキーで散歩したりして過ごした。彼は、彼女のお母さんと、義理の父親というのにも会った。小さい種違いの弟にも。みんな彼女がサンタにならずに家に戻ってきたことを歓迎していた。

「誰も、ぼくがラップランドに住み着いて彼女と結婚するだろうなんてことは考えていなくて、すぐにどこかへ行ってしまう行きずりのボーイフレンドみたいに扱ってた。あそこではそんな人が多いのかもしれないな。よそからきて、サーミ人といっしょになって、その土地に根付く人なんてめったにいないんだろう」

太っちょのサーミ人の女の子は、ほんとうはサンタになってラップランドを出たかったのだそうだ。女の子が決意してサンタ研修を受け、サンタとして海外に派遣されるなんてことは、そんなによくあることではないらしい。外国から一発勝負を夢見て訪れる女の子なら、当時はヒッピー的な文化の浸透とかあこがれもあった時代だったから、ないことはないけれども、サーミ人の彼女はかなり強い意志をもって研修を受けたのだ。声楽レッスンや、ダンスや、「ホーホーホー！」の言い方のいくつかのアレンジなども熱心に。

でも、最後の最後に、家族を残して行くことはできないと思ってしまったのだそうだ。

しんと静まり返った雪景色の中で、太っちょのサーミ人の女の子は顔を真っ赤にした。

それはつまり、泣いたということで、泣いたそばから涙が頬に氷の粒としてくっつくような場所で、泣いて、そして氷の粒が彼女の頬の皮膚に刺激を与えたのだった。

「あなたは行かなくちゃね。ダンスも習ったし。涙ほど乾くのが早いものはないというわ。さあ、早く行って」

彼は彼女の手からぼわぼわした手袋をとって、自分の両手で彼女の両手を包んだ。

「ずっとこうして温めていたい」

と、彼は言った。彼の両手は氷のようになり、翌日すぐにぷっくり赤く膨れ上がった。

しもやけになっていることに気づいたときは、彼はもうすでに国際線の飛行機の中にいた。手の赤みと痛みが消えるまで、彼の心の痛みも消えなかった。涙はすぐ乾いても、しもやけは簡単には治らないものだ。

「でもちょっと待って」

わたしは口をはさんだ。

「だって、サンタ・クロースが外国の子どもたちのところに行くのは十二月の特別な期間だけでしょう。いちばん働くのはクリスマスの日だけでしょ。あとの期間はいっしょにいられるんじゃないの？」

彼は黙ってあごひげを撫でた。

「もちろん、彼女はそうしたかっただろうな」

そうして頭を左右に振った。つまりは彼のほうが彼女を振ったのだった。

日本に来て、最初に派遣された秋田が、彼はとても気に入った。なにより、なまはげが彼の心をとらえて離さなかったのだ。

「なまはげ？」

「そう。なまはげ」

日本国秋田県における、サンタ・クロースとしての最初のミッションを終えた彼は、そのまま少しだけ秋田に留まってあちこちを観光し、男鹿《おが》半島で大晦日《おおみそか》を迎えた。そして、なまはげに出会ったのだった。

「それは、とてもそっくりだった」

「何に？」

「サンタ・クロース」

「サンタ・クロース？」

「いや、その仲間たちに。サンタ・クロースには仲間がいる。サンタ・クロースみたいにやさしくない。悪い子をおしおきするためにあらわれる」

わたしは顔をしかめたのだと思う。

「こわがらなくてもだいじょうぶ。日本にはサンタ・クロースしか来ないから。なまはげがいるから、ほかのやつらが来る必要はないってことになったんだろう」

サンタの仲間はそれぞれになんだか恐ろしげな扮装をしていて、手には包丁ではなくても鞭《むち》とか叩《たた》かれると痛そうな木の枝とかを持っていて、悪い子を探しに来るらしい。そうして彼は微に入り細を穿《うが》って、恐ろしいサンタの仲間を描写してみせたので、わたしはすっかりサンタに偏見を持つようになった。ほかの子どもたちのように無邪気に彼の善意を信じることができなくなったのだ。しかしまあ、とりあえず靴下に希望は託して寝て、かなえられてもいたのではあるが。

大人になってから知ったことだが、彼の言ったことはほんとうだった。ドイツにはクネヒト・ループレヒト、オランダには黒ピート、ハンガリーやオーストリアにはクランプスという化け物がいて、みんな年末になると子どもを脅して歩く。

とくにクランプスは二本の角を頭から生やしていて、なまはげそっくりだった。なまはげは桶《おけ》を持って歩いているようだけれども、クランプスは籠《かご》を背中に背負っている。おそらくハンガリー語やドイツ語で、「なぐごはいねがー」と言って歩くのだろう。ちなみに秋田県男鹿半島のなまはげ伝説には異邦人漂着説というのがある。半島沖で難破した外国船に乗っていた外国人が居ついてなまはげ化したそうだ。だから案外ほんとうに、なまはげとクランプスはどこかでつながっているのかもしれない。

それはさておき、なまはげに驚いた彼は、翌年、もう一度秋田にやってきた。秋田というからには秋がいいんだろうという理由で、そしてたしかに里の秋はベストシーズンだった。

「木が、夢みたいにカラフルだった」

トウモロコシ以外ない大平原で育ち、ラップランドでも針葉樹しか見たことがなかった彼は、こんどは日本の木に恋をした。日に日に色を変える山の木々に。

「木はいい」

と、彼は言った。

「木と仲良くなれば、孤独でなくなる。嫌いなやつとは口をきかなくてもいいんだ。木を友達にすれば、なんでも黙って聞いてくれる」

なんで彼がそんな言葉を残したのか、いまとなってはわからない。

わたしはそのころ何か悩みを持っていて、彼に相談したことがあったのかもしれない。いまとなっては悩みのほうを忘れてしまって、サンタ・クロースのつぶやきだけが耳に残っている。

わたしはサンタ・クロースが好きだった。毎年、冬休みが近くなるとあらわれる彼を、心待ちにするようになった。もしかしたら、サーミ人の女の子のような表情で、彼を待っていたかもしれない。わたしがサンタに会えたのは、たぶん、小学校の一年生と二年生のときだ。なにを話したというわけでもないけれども、雪と紅葉と木について、よく話した。それから、しもやけについて。

三年生の冬休みに、彼は喫茶店に来なかった。わたしは何日も待って、そして彼が来ないことに気づいて泣いた。店中の人たちが困って、迎えに来た母親に事情を聞いたけれど、誰一人わたしが泣く理由をわかっていなかった。その年の冬休みは悲しかったけれど、店の隅に彼が残しておいた橇があることを発見して、一人でその橇で遊んだ。

それから木と仲良くなるように努めた。店には春になると黄色い花を咲かせるミモザの木があったから、それを自分の木にしていろいろと愚痴をこぼした。

ひょっとしたら、サンタ・クロースはサーミ人の彼女とよりを戻したのかもしれないなと考えてみたりした。やっぱりあの太っちょの女の子といっしょにいたくなって、ラップランドに帰ったのかもしれない。あるいは、太っちょの女の子と結婚してノースダコタに連れ帰ったのかもしれない。

いずれにしても、サンタ・クロースは雪深い土地で、しもやけと友達になって暮らしているのだと想像していた。

四年生の冬休みも、彼は現れなかった。

五年生の冬休みを迎えたころには、もう彼のことは忘れていた。そんなものだろう。

ところがある日、いつものように店に行ってマスターの手伝いを始めようとしたら、というのもわたしもさすがに五年生くらいになると、樽にばかり入ってもいられなくなり、誰よりも店のことを知り尽くしていたので、ちょっとした手伝いくらいはできるようになっていたのだったが、マスターが金色のリボンのついた赤い袋を差し出した。

「なに？」

わたしはたずねた。

「三年くらいまえに、冬になると来てた商店街のサンタ・クロース、覚えてるかな？」

「覚えてる」

「あの人が店に来た。昨日の夜。タタンが帰ったあと」

「来たの！」

「仕事じゃないみたいだけどね。急いでたし」

「なにしに来たの？」

「懐《なつ》かしかったから寄ったんだって。で、これ置いてった」

「わたしに？」

「そう。樽の中に座ってた子にあげてほしいって」

わたしはマスターの手から袋をひったくり、そっとテープを外して開けた。中からは靴下が二足と、小さなビニール袋に入った赤い乾燥した植物の砕いたものが入っていた。

わたしが怪訝《けげん》そうな顔をすると、マスターは思い出したようにレジ脇に貼《は》り付けたメモを取って、眼鏡を鼻まで引きずり下ろした。

「これ」

「なに？」

「これも置いてった」

わたしは彼の手元にあるメモをひったくった。そこには足の絵があり、親指だけ強調してあって「problem」と書いてある。矢印を追うと、その足が一足の靴下を履き、もう一足の左右それぞれに袋に入ったものを入れて、その何かが入った靴下を重ねて履く様子が漫画のように描かれていた。

RUN!

最後に英語でそれだけ書いてあったので、わたしとマスターは首を捻《ひね》った。

「まず、こっちの薄いほうの靴下を履くのね。それから、こっちの厚いほうの靴下の中にこれを入れて。なに、これ？」

「トウガラシに見えるけどね」

「トウガラシ？」

「オレの知る限りじゃ、トウガラシにいちばん似てる」

「そしてこのトウガラシ入りの靴下を重ね履きすると」

足にがさがさと妙な感触があって、けっして履き心地がいいとはいえないそれを履いてみたが、何も特別なことは起こらなかった。

「それより、プロブレムってなんだ？　足に怪我でもしてんのか？」

マスターはサイフォン用のランプにアルコールをつぎ足しながら、わたしに聞いた。

「怪我はしてないけど、しもやけが」

わたしはそのときはっと気がついた。これはひょっとして、「しもやけと友達になる方法」なのではないか。

ちりんちりんとドアの鈴を鳴らして、老小説家が店に入ってきた。

「おう」

と、彼は手を挙げた。

「なあ、いまそこで、ジェシーに会ったぜ」

「あれ、もう帰ったと思ってたけど」

「ああ、もう帰るんだって。今日の午後の飛行機で」

わたしは店を飛び出した。

べつになにをどうしたいわけでもなかったが、いま会えなければ永遠に会えないだろうと思ったからだ。

その日、雪は降っていなかったけれども、空気は凍るように寒かった。足先は例のごとく感覚がなかった。でも、ほかに選択肢も思いつかず、わたしは一気に坂を駆け上がった。学校や病院に近い大通りのほうに出てみたが、彼の姿は見えなかった。わたしは坂を駆け下りて店を通り越し、神社のほうに回ってみた。そこにも彼は見えなかった。神社の裏には大きな銀杏《いちょう》の木があって、好きだと言ったことがあったのを思い出してそこまで走った。

するとどうしたことか、だんだんだんだん足先がじんじんと温まってきたのはいいが、立っているのが困難なくらいに痛くなってきた。それも、しもやけの痛さとはまたべつの、火がついているような痛さに襲われた。

わたしははじかれたように走り出した。今度は彼を探すために走っているのか、足をひとところに落ち着けておくことができずに走っているのかわからなくなった。靴下を脱げばこの痛みから解放されるのだと気づくまでの間に、わたしはもうさんざんそこいらじゅうを走り回っていた。

それがノースダコタ方式なのかラップランド方式なのか、彼が独自に開発したことなのかわからないが、ともかくわたしはこうして、しもやけと友達になる方法を獲得した。

トウガラシ入りの靴下を履いて、走る。

サンタ・クロースのおかげで、その後の人生で、しもやけに悩まされることはなくなった。だから、わたしの記憶の中でサンタ・クロースといえば、よいこにプレゼントをくれる人というよりは、しもやけと強く結びついている。

カニと怪獣と青い目のボール

小学校も低学年のころは、ぬいぐるみもよく口をきいたし、赤ん坊とも話ができたし、部屋の隅からこの世ならぬものが出てくる気配などもあったものだったが、そういうのは成長するにつれて少なくなってくる。

もちろん、大人になってからでも、ぬいぐるみは頼めばしゃべってくれるけれども、それはほんとうにぬいぐるみ本人が語っているのか、こちらが無理やり語らせているのかの区別が曖昧《あいまい》だ。赤ん坊がなにを言いたいのかさっぱりわからなくなってしまうし、壁のシミが顔のかたちに変形して語りかけてくるようなことがあれば、病院に行って薬でももらったほうがいいような気がしてくる。

小学生だった時代のいつまでが、わけのわからないものに囲まれていた、あの幸福な幼年期で、いつからが大人の入り口になる時期なのか、明確にはわからないが、まあ、だいたい四年生とか五年生とか、高学年になるといろいろなことが変わるのだろう。

わたしが、例の喫茶店で経験したことの大半は、低学年のときに起きたことだったように思う。学年が上になるにしたがって、たいして面白いことが起きないようになってきた。それはわたしが成長したためでもあったし、喫茶店の常連が少しずつ変わっていったことにもよるのかもしれない。最初にトミーがいなくなり、そのあと神主がいなくなって、そのことは以前書いたのでわざわざ書かないけれど、店の雰囲気は以前とは変わっていった。老小説家は現れたけれど、脚がずいぶん悪くなった。

樽《たる》の中でじっと黙って座っていたわたしも、高学年になると店を手伝うようになった。ただそこにいるだけというより、厨房《ちゅうぼう》で皿を洗っているほうが楽しくなったのだ。客の注文を取って、マスターが淹《い》れたコーヒーを席に運ぶのも、わたしの仕事になった。レジ打ちはマスターが担当した。

母はいつごろからか店に迎えに来なくなった。そんなことをしなくても、わたしは家に一人で帰れたからだ。

この話に両親や学校の友達が出てこないからといって、心配するには及ばない。喫茶店以外の人間関係も、このころにはできていた。でも、それはまた別の機会にでも書くことにして、赤い樽のある店の話を続けることにする。

店ではあいかわらず、常連のおじさんたちに「タタン」と呼ばれていた。暇な時間は樽の椅子《いす》に座って本を読んで過ごした。マスターが赤い樽の一部を切り取って、椅子の形に改造してくれたおかげで、樽内部に収まりきらなくなった体の一部、主に足などを外に出して座れるようになったのだ。けれどもやはり、役割的にもお姉さんになるべき時期が来ていたのだろう。ある日とつぜん、店に弟のような存在が現れて、わたしは自分がもういちばんのチビではないことに気づいた。

その男の子は、マスターのお姉さんだという女の人といっしょだった。

わたしがいつものように学校帰りに店に駆け込むと、奥に座っていた老小説家が、声を立てないようにと、しわの寄った唇の上に指を一本かざした。わたしはなるべく音を立てないように、つま先で歩くようにして厨房に滑り込んだ。手を洗いながら店の中を見ると、女の人が深刻な表情でマスターとぼそぼそ話していた。その女の人の傍らに、男の子は座っていた。

「じゃあ、頼むわ」

女の人はすがるような目でマスターを見て、それから傍らの男の子に、

「少しの間だけだからがまんしてね。いい子でいるのよ。おじさんに心配かけちゃだ

めよ。電話するからね」

と、立て続けに言った。

男の子は、これらのすべてに、

「やだ」

と答えた。

「少しの間だけだからがまんしてね」

「やだ」

「いい子でいるのよ」

「やだ」

「おじさんに心配かけちゃだめよ」

「やだ」

「電話するからね」

「やだ」

男の子のボーイソプラノに、店中が、こりゃたいへんだと思わされたが、母親だけは慣れているのかたいして動じもせずに、

「あらじゃあ、電話しない」

と切り返して、当然のことながら、

「やだ」

という返事をもらっていた。

「おい、だいじょうぶなのかよ、これじゃあ」

マスターが気弱な言葉を発しかけると、子どもの母親は挑戦的な目つきを返し、

「ほかに預けるとこないんだって言ったじゃない」

と吠《ほ》えるように言う。

「いっしょに連れていきゃあいいじゃないか」

「それができりゃ、あんたに頼みゃしないわよ」

「だって、あいさつに行くんだろう、これからいっしょになる相手の実家なんだろう、この子だってあいさつしとくのが普通じゃないか」

「そういうふうには普通じゃないの。あたしが行くんだってすったもんだして」

「だからよ、だいじょうぶなのかって聞いてんだろ」

「何がよ。何がだいじょうぶだって言えば、だいじょうぶだって思ってくれるのよ。あんたみたいに何でもかんでも疑ってかかる人には、なんだってだいじょうぶなんかじゃないわよ」

「オレ、いっしょに行ってやろうか」

「話が余計ややこしくなるだけよっ。いいから、あんたは黙ってこの子を預かってくれたら、それでいいのっ」

女の人の声はどんどん高く大きくなっていったから、喫茶店にいた人間はみんなそれを聞くことになった。わたし、老小説家、生物学者のバヤイ、そして男の子だ。

列車の時間があるからと足早に、女の人は出て行った。

マスターはやれやれと首を振り、厨房に戻りかけてから振り向いて、

「なんか飲むか？」

と、男の子にたずねた。

「やだ」

マスターが最後まで言い切らないうちに、男の子は叫んだ。

それから、ダダダッと音をさせてドアに体当たりして鈴を思いっきり大きな音で鳴らし、転がるようにして表に出て行った。

「ちくしょう、あのやろう」

マスターはそう叫んで、後から男の子を追いかけた。

捕まえて戻って来るまでにけっこう時間がかかった。

喫茶店にいるわたしたちはみんな、男の子の叫ぶ声とマスターのなだめる声、すかす声、怒鳴りつける声、そしてさらには皮膚を叩《たた》く鈍い音と一瞬ののちに近隣に響き渡った男の子の泣き声まで聞いてしまうことになった。

わあわあ泣く男の子を吊《つ》り下げるようにしてマスターは店に入ってきた。そして吊り下げたまま二階に直行し、手ぶらで戻った。

上からは男の子の泣き声だけでなく、ドタバタ床をかかとで蹴《け》りつける音が交じった。

あまり想像したくないし、いまどきそんなことをしたら児童虐待《ぎゃくたい》と言われかねないのではないかと思うけれども、あのときおそらくマスターは男の子をどこかに縛りつけていたと思われる。縛られてでもいなければ走って出てきて、またひと悶着《もんちゃく》起こすに違いない児童は、自分に許された最大限の自由を行使して泣き叫んで足をバタバタさせた。

そのときの店の空気ときたら、誰もがどうしようもなくて、マスターに事情を聞くのもはばかられ、みんなしんとしていた。お客さんがドアを開けても、すさまじい叫び声が聞こえてくるので、へんな顔をして出て行ってしまうのだった。

とうとう老小説家が親切心を起こして、脚を引きずりながら二階へ上がっていったが、ものすごく難しい顔をして引き揚げてきた。

「なんだありゃあ、狂犬か」

と、老小説家はぶつぶつ言った。マスターは黙ったまま何も言わなかった。

何十分経《た》ったのかはわからないが、ともかく疲れたのか男の子は泣き止《や》んでおとなしくなったけれど、ときどき思い出したように、かかとで床を蹴るのはやめなかった。

結局、その日は、わたしが帰る時刻になっても、店には重苦しい空気が立ち込めたままで、新しいお客さんも入ってこなかった。

翌日、店に行くと、男の子は赤い樽に座っていた。まだ背が低いので、わたしに合わせて高さを作った椅子に座ると足が床につかなかった。男の子は足をぶらぶら揺らしていた。

「ああ、ごめんな。そこでならおとなしくしてるって言うもんだから。カバンはこっちに置きな」

マスターがすまなそうに言うので、わたしはランドセルをレジの下のスペースに置いて厨房に入った。お客さんは誰もいなかった。

「ひまだから、フレンチトースト作ってやるよ」

店に狂犬がいるせいなのか、どうも老小説家もバヤイも敬遠して近づかなかったようで、ほんとうにひまな一日だったらしい。しかもマスターは男の子との攻防に疲れ切ったようだった。わたしはマスターが用意してくれたホットミルクとフレンチトーストを、樽に近い席に運んだ。

「そこで食べるとこぼすから、こっちに来て」

そう言うと、狂犬は素直に樽から降りて、木の椅子によじ登り、今度はそっちで足をぶらぶらさせた。

マスターのフレンチトーストは、店で食べられるメニューの中ではたった一つの甘いものだった。玉子をボウルに溶いて牛乳とお砂糖を入れて混ぜ、店で出すには少し硬くなってきた食パンを浸して卵液をしみこませ、両面をフライパンで焼いたものを斜め半分に切って三角形二つにして皿に盛り、はちみつをかける。『クレイマー、クレイマー』でダスティン・ホフマンが作っていたのを見て開眼したのだそうで、考えてみると、たしかにこの日のシチュエーションに似つかわしい食べ物でもあった。

男の子は、初めて食べるらしいフレンチトーストに戸惑い、しばらく皿とわたしを交互ににらんでいたが、わたしがはちみつをたっぷりかけた三角形のトーストを頰張るのを見て、意を決して食らいついた。

目の前の小さな男の子の顔が、懐疑から驚き、そして喜びに変わるのを見るのはたいへんおもしろかった。

「う、ま〜い！」

男の子はボーイソプラノで叫んだ。

厨房のマスターが、安堵《あんど》のために、大きく息を吐き、倒れこむようにカウンターに上半身を投げ出した。この子と二人だけで、昨日の夜から今朝、そしてこの午後まで、戦い続けていたに違いないと思って、わたしはマスターに深く同情した。

「おれさ、おれのお父さんさ、怪獣なんだぜ」

満腹になった男の子は、皿に残ったはちみつを指ですくっては口に運びながら、そんなことを言った。

「怪獣？」

「そうなんだぜ。おっきいんだぜ。ビルとか踏みつぶしちゃうんだぜ」

「そんなわけないじゃない」

「ほんとなんだぜ、怪獣なんだぜ」

わたしが取り合わないと、男の子は説得を始めた。

だってさ、と、男の子は言った。

「うちのお父さん、ずっと前から怪獣だったわけじゃないんだぜ。なったのは、去年の六月からだな」

「え？」

わたしはちょっと驚愕《きょうがく》した。

もちろん、男の子の言っていることが本当だと思ったわけではなかったのだが、人が突然怪獣になり、それが去年の六月と明確に時期まではっきりしているとは、ちょっと興味のひかれる話ではないか。

「去年の六月に、おれのうちんところで、すごい雨が降ったの」

男の子はこちらが食いついたのに気づいて、いっそう熱心に語り始めた。

「そんとき、おれのうちの裏んとこにある木が大きな音を立てて倒れたの」

「雨が降ったら、木が倒れたの？」

「うんと、雨も降ったけど、雷も落ちたの」

「雷が落ちて木が倒れたの？」

「そう。そのときね、倒れた木の中からね、いっぱいカニが出てきたの」

「なにが出てきた？」

「カニ」

「カニって、はさみがついてる、あのカニ？」

「そう。小さいカニがいっぱい出てきたの」

わたしは男の子を凝視した。きっと何かが間違っている、と思った。たとえば彼の頭の中で、何かと猿蟹合戦《さるかに》が交じっているに違いない。木が倒れることはないわけではないかもしれないが、そこからカニが出ることはまずない。

しかし、ともかく、わたしは聞き流すことにした。

重要なのは、男の子を機嫌よくさせておいて、泣いたりわめいたり逃げ出したりさせないことだとわかっていたからだ。

「カニはなにをしたの？」

「カニはね、いっぱい出てきてね、うちの中に入ってきて、トックンの髪の毛を切ってくれたんだよ」

「トックンて、なに？」

「トックンは、おれ」

「カニに、その頭、切ってもらったの？」

「うん。でも、そのあとで、床屋さんに行ったから」

「じゃあ、その頭は、床屋さんで切ってもらったんだ」

「そう」

「で？」

「なに？」

「カニが出てきた日に、お父さんが怪獣になっちゃったの？」

「出てきた日じゃないんだ？」

「出てきた日の前の前の日。あれは六月の日曜日」

トックンと自分のことを呼ぶ男の子は、ときどきなんだか妙に特定的な言い方をするのだった。

トックンのお父さんは、六月のとある日曜日に怪獣に変身した。

怪獣になる前のお父さんは、流しのタクシー運転手で、副業としてトランクに夏みかんを積んでいて、客を乗せて行った行き当たりばったりの場所で夏みかん販売をするという独自の商法を展開していた、と彼は主張した。

「夏みかん？」

わたしはたずねた。夏みかんを売るタクシー運転手の話など聞いたことがないし、タクシーを運転するか夏みかんを売るか、人はだいたいどっちか一つをやっているものではないかと思ったのだ。

「そうだよ。夏みかんだよ。夏みかんを売るのはたいへんなんだ。だって、いっつも夏みかんがあるとは限らないからね」

トックンは眉毛《まゆげ》をぴくつかせて難しい顔をつくり、さっきまでなめていた人差し指をわたしに向かって振り立ててみせた。

「夏みかんがない季節はどうしてるの？」

「キセツって何？」

「夏なら夏みかんがあるけど、冬や秋はないでしょ。夏だけのみかんなんだから。だから、夏みかんがないときはどうしてるのかって聞いたの」

「夏みかんは、あるところにはあるんだよ」

「夏じゃなくても？」

「そう」

「それ、どこ？」

「それを探すのも、お父さんの仕事だったんだ」

トックンはふーんと鼻の穴から大きく息を吐いた。たいへん立派なことを言って、わたしが参ったと思っているに違いないという表情だった。

「夏みかんがあるところを見つけて、それからタクシーに乗せなきゃいけないから、すごくたいへんなんだよ」

「見つけるって、どういうこと？ ある場所を知ってるわけじゃないの？」

「タクシーの運転手だって言ったでしょ」

「うん。でも、だから、なに？」

「タクシーの運転手は、お客さんがホッカイロに行ってって言ったら、ホッカイロに行かなきゃいけないから、だからたいへんなんだ」

「ホッカイロじゃないでしょ。北海道でしょ」

「もし、お父さんがホッカイロに行ったら、ホッカイロで夏みかんを見つけなきゃならないんだ」

「どういうこと？」

「タクシーを運転しながら夏みかんを売るってそういうことなんだよ、お姉ちゃん。だけど時々、タタラの山を見つけることがあって、そういうときは夏みかんのボーナスが出るんだぜ」

「タタラの山？」

「夏みかんがいっぱい採れる山のことだよ」

「山?」

「山だよ。富士山とかさ」

「山から採って来るの? 収穫するってこと?」

「ヒュウカクってなに?」

「木になってるみかんを、はさみでぱちんて切って、籠《かご》に入れたりすること」

「あったりまえじゃないか。ヒュウカクは、お父さんのだいじな仕事なんだぜ」

「じゃ、お父さん、タクシーに乗ったお客さんが、北海道に行ってくださいって言ったら、車で北海道まで行って、そこで山を見つけて夏みかんを収穫して、それを車に積んで、次のお客さんを乗せて、そのお客さんが行ってくださいって言ったところまで行って、そこで夏みかんを売るわけ?」

「そうだよ。そして、夏みかんが売り切れるまではほかの場所には行けないんだ」

「だけど、お父さんはタクシーの運転手なんでしょう? 夏みかんを売っているときに、お客さんがタクシーに乗りたいって言ったら、どうするの?」

わたしは彼の言い分の矛盾をつき、一連の供述がでっちあげであることを証明してやろうという若干の正義感に駆られて追及したが、敵もさるもので、ああ、そのことならね、と余裕で受け流し、

「お客さんがいたときは、夏みかんを三個、お父さんが自分で買うんだよ。そうしたら、お客さんと次の場所へ行けるっていうルールがあるの」

ルール、という言葉を知っているのがとても得意なのだなとわかる尊大な態度で、トックンはそう説明し、すごくだいじなことを教えてやったとでも言いたげに小鼻をふくらませた。わたしの頭の中には、せっせと山で大きな夏みかんを収穫してはタクシーに乗り、お客さんを乗せて東奔西走する「お父さん」の姿が浮かんだが、それと「怪獣」とは、やはりどうしても結びつかなかった。

「だけど、それでどうしてお父さんは怪獣になっちゃったの？」

「ミルクをもう少しください」

突然丁寧な口調で、トックンは申請した。

お父さんと夏みかんとタクシーに関して、わたしがこれだけの情報を得ていても、店にいっこうに客はやってこなかったので、マスターはわたしにもミルクを飲むかとたずね、わたしがいらないと答えると、トックンの分だけ温めて持ってきてテーブルに置いた。

そのときのマスターの顔には、たいへん悲しそうな表情が浮かんでいた。悲しそうとも、愛《いと》おしそうとも、辛《つら》そうとも言えたかもしれない。トックンはあったかいミルクをもらって一息つくと、また嬉《うれ》しそうに話し出した。

「お父さんは頼まれたんだよ」

「誰に」

「あれはねえ。女の人」

「女の人になに頼まれた？」

「怪獣になってくださいって」

「そんなこと頼むの、おかしくない？」

「でも、頼まれたの。フミトモビルの五十二階にその女の人のだいじなポンチョがあるんだけどさ」

「どこになにがあるんだって？」

「フミトモビルの五十二階に、女の人のだいじなポンチョがあるんだよ」

「ポンチョ？」

「コートの一種だね」

なぜだか、ここだけ厨房の中からマスターが答えたので、わたしは驚愕した。もしや、マスターも、トックンのお父さんに「怪獣になってください」と頼んだ女の人を知っているのか。少なくとも彼女のポンチョを知っているのか。そう考えると、わたしに動揺が走る。

「フミトモビルはシンジクだよ！　お姉ちゃん、知らないの？」

シンジクのフミトモビルはおろか、新宿の住友ビルすら、そのときのわたしはよく知らなかったが、これ以上トックンとマスターの二人がかりの説得に遇《あ》いたくはなかったので、知っているとも知らないとも言わずに黙っておいた。

「ポンチョを取るためには五十二階まで行かなくちゃならないけど、怪獣にならないと窓ガラスを割れないから、それで仕方なくお父さんは怪獣になったんだ。そのときはけっこう悩んでたよ。いままでの服はみんな着られなくなっちゃうからさ。お父さんは服が好きだったしね。だけど、ポンチョを取ってあげるために仕方がなかったんだぜ」

トックンはお父さんに同情したのか、深くうなずいて首を左右に振った。

「ポンチョは取れた？」

「うん。取れた。だけど、それっきり体がもとに戻らなくなってね」

「だけど、どうやったらお父さん、怪獣になれたの？」

「そんなの、お姉ちゃん、ジブンのムネに聞いてよ！」

「へっ？」

「わからないことをなんでも人に聞いちゃだめなんだよ。ジブンのムネに聞いてよ」

トックンは椅子の上で反り返り、足の先でテーブルの下をごんごんと蹴った。

自分の胸！

わたしは心中ひそかに自分の胸に問いただしたが、なぜトックンのお父さんが怪獣に変身できたかは、皆目わからなかった。

「だけど、お父さんが怪獣になっててほんとによかったんだよ。だって、大雨の日に雷が落ちて、木が倒れたでしょう」

わたしは目の前の男の子を凝視した。戻るのか。その話に戻るのか。

木が倒れて、カニが出た話を彼はするつもりなのか。

なにか質問して、「ジブンのムネに聞け」と言われるのが嫌だったので、わたしはなにも言わずに静かにうなずいた。

「そしたら、いっぱい、いっぱいカニが出てきたの」

「うん、そうだったね」

「なんでカニは木の中にいたと思う？」

わたしは自分の胸に聞いてみたが、おぼろげな回答しか得られなかった。

「雨に濡《ぬ》れたくなかったのかも」

「それもあるね」

と、トックンは言った。

「でも、それだけじゃない。ほんとは、木に登って、行ってみたいところがあったんだ」

「行ってみたいところ？」

「ほら、カニはもともとキリンの友達でしょう？」

「え？ そうだったかな。そうだったのかな」

「だから、いつもはキリンに連れて行ってもらってたけど、キリンがジングルベルに帰ることになってね」

「もしかして、ジャングル？」

「そう。ジャングルベル。だから、カニたちは、必死で横歩きをして木に登ったんだよ。だけど、雷が落ちて、木が折れたから、みんないっぺんに地面に落っこちて、そしてわーって、横に歩きながら出てきたところに、お父さんがやってきたのね」

「怪獣になってるお父さん」

「そう。それで、お父さんが、カニたちを背中に乗せてあげたんだよ」

「カニたちは高いところに行きたかったんだね」

「そうなの。だから、お父さんが役に立ったんだよ」

「カニたちは、どこへ行ったの？」

「どこかなあ」

そう言うとトックンは、疲れたのかずるずると椅子から降りて、わたしの赤い樽の椅子によじ登り、そこで丸くなってしまった。小さい子は唐突に寝る、という事実を、わたしはそのとき目《ま》の当たりにした。

マスターは寝入った男の子を抱き上げて二階に連れて行った。厨房に戻ってきたマスターの目は少し赤くなっていた。

わたしにはなにも話してくれなかったけれど、その後、店に戻ってきた老小説家との会話や、トックンと接するときの雰囲気や、そんなものを総合的に判断して、トックンのお父さんは彼の想像の中にしかいないのだと、わたしは知った。

トックンは、それからしばらく店にいた。そして、いつのまにかわたしの赤い樽を独占した。トックンの話はその後もだいたいにおいて荒唐無稽《こうとうむけい》だった。

びっくりしたので覚えているのは、

「お姉ちゃん、ボールで遊ぼう」

と言うので、なんだろうと思って近づいてみたら、それはボールではなくて寝かせると目を閉じる女の子の人形の頭の部分で、まさかこれを蹴ったり投げたりするつもりだろうかとひるむわたしの前で、トックンが器用な三つ編みを披露してくれたことだ。

どうして、その人形の頭が「ボール」と呼ばれているのかも不明だったが、店の入り口に置いてあった傘立てを利用して、その傘立てのまん中にある支柱のてっぺんに「ボール」を突き刺し、トックンはよく一人でヘアアレンジを作って遊んでいた。三条河原に晒《さら》された生首みたいに見える、傘立てと「ボール」は、はっきりいってあまり店のイメージにはよくない気がしたが、それさえ与えれば静かになる便利さに勝てず、マスターは「ボール」遊びを許していた。

ある日、学校帰りにいつものように喫茶店に行くと、トックンは忽然《こつぜん》と姿を消していた。とうとう、お母さんが迎えに来たということだった。

店にはしばらくの間、「ボール」が残されていた。

飾り窓の片隅で、トックンの編んだシニョンを作った頭がそこにあり、青い目はいつも開いたままで、虚《うつ》ろに店の中を見つめていた。

さもなきゃ死ぬかどっちか

その子は突然あらわれた。

小学校の校庭だったことは、振り返ってみると不思議な気がする。校庭にまつわる記憶などほとんどない。校庭は自分の居場所じゃないような気がしていた。体育や朝礼や学校行事に関心がないだけではなくて、ドッジボールも馬跳びもちっとも好きじゃなかった。用もないのに自分が校庭にいる理由が考えられないし、いまではあれが放課後だったのか、休み時間だったのか、朝礼の後かなんかだったのかすらわからない。

その子はすっと近づいてきて、にこにこ笑いながら話しかけてきた。

「わたし、トモコっていうの。あなたは？」

そう言って、右手を差し出した。

わたしは驚いてしばらく突っ立ったままになった。

まだ中学に入っていなかったから、英語の授業を受けたことはなかったが、もし受けていたらなんだか英語のテキストのようだと思っただろう。

「ハーイ！　アイム・ルーシー。ワッツ・ユア・ネーム？」

そして、右手を出す。

「マイ・ネーム・イズ・ピート！　ナイス・トゥ・ミート・トゥ・ユー！」

ルーシーとピートは、がっつりと握手を交わし、お互いに「学生かどうか」を確かめ合う。

英語の教科書ならこのように先が続くと思われるが、わたしはしばらくその場で固まったのち、

「トモコ」

と、答えた。

「え？」

と、その子は言った。

「トモコ」

もう一度、わたしは答えた。

「おんなじ名前じゃん！」

そう叫ぶと、トモコはわたしの右腕に自分の右腕を巻きつけて、フォークダンスを踊るようにくるくる回った。

そのような体勢に陥ったものが誰でもそうならざるをえないように、わたしもいっしょにくるくる回った。

「転校生?」

わたしは目を回しながらトモコにたずねた。

「うーん、そんなとこ」

と、トモコは言った。

「おんなじ組?」

「違う組」

「何組?」

「4組。あなたは?」

「1組」

「じゃあ、またね」

トモコはひらひら手を振って行ってしまった。なにがなにやらわからなかった。

再びトモコが出現したのは、たしかに放課後だった。同じ日だったのか、別の日だったのか、定かではない。

学校が終わって、喫茶店に行く途中の坂道で、わたしはまた声をかけられた。

「待って。ねえ、待ってったら」

そう呼ぶ声がして、振り向くとトモコがそこにいた。

「いっしょに帰ろうよ」

と、トモコは言った。

「いいけど、トモちゃんの家はこっちの方向なの？」

「違うけど、いいの。うちに帰っても、誰もいないんだもん」

「トモちゃんも鍵《かぎ》っ子なの？」

「そう」

鍵っ子、という言葉はいまでも使われているのだろうか。

当時は母親が働いている家は少なくて、鍵を持たされて自分で家のドアを開けて一人で親の帰りを待っている子どもたちはそう呼ばれた。

厳密には当時のわたしは、喫茶店で時間を潰《つぶ》してから家に帰る習慣になっていて、親はわたしより早く帰宅していることが多かったが、鍵を持っていた。だから、わたしは自分を「鍵っ子」に分類することにしていた。

「じゃあ、いっしょに喫茶店に行く？」

「喫茶店？」

「そう。坂の下にあるの。わたしはいつもそこでマスターを手伝ってるの」

「アルバイト？」

「お金はもらってないけど、ホットミルクやフレンチトーストがもらえたりするの」

「行きたい！　行く！」

トモコがなぜだか両手をパーにして高く上げたので、私たちはハイタッチを交わすことになった。

わたしはそれまで一度も、学校の友だちを赤い樽《たる》のある喫茶店に連れて行ったことがなかった。そこでほかの小学生に出会ったこともなかった。学校とその店は少し離れていたし、喫茶店というのは昔もいまも、あまり小学生向きの店ではないからかもしれない。ただ、わたしが友だちを連れて行かなかったのには理由があって、学校にいるときの自分と、店にいるときの自分は、別人とは言わないまでも、別人格のようなところがあり、友だちにそれを知られるのが面倒くさかったのだった。

学校で比較的仲良くしていた友だちは、放課後に塾や習い事に通っていたりした。わたしも、なにかそんなようなことをしているみたいなふりをしたように覚えている。

あるいは、家の事情で放課後は遊べないのだと説明していただろうか。

ともかく、小学校入学以来ずっと、わたしは一人で店に通っていて、それをとやかくいう友だちも、連れて行きたいというほどの友だちもあらわれなかった。

ごく自然に、わたしはその日トモコといっしょに店に行くことになったのだが、そのときはそれがめずらしいことだという意識もなかった。


ちりんちりんと鈴を鳴らして、いつものように店に駆け込むと、トモコはいっしょに駆け込んできた。

「おう、お帰り」

と、マスターが言った。

「今日ね、友だち連れてきたの。トモコっていうの。トモちゃん。わたしたち、おんなじ名前なの」

マスターは、おもしろそうに口をゆがめた。

そこには、老小説家と、生物学者のバヤイと、珍しいことに神主が来ていた。神主は若い色白の男性を連れていた。それはトミーとは別の人だったが、神主にとってはトミーと似たような存在だったのかもしれない。

「だから、ミルクをふたっつ、お願いします」

そうわたしが頼むと、マスターはちょっと困ったような顔をした。牛乳が足りないんだろうかと、わたしは考えた。

「じゃ、やっぱり、一つでいいや。いっしょに飲むから。ね、トモちゃん」

マスターはくすっと笑ってうなずいた。老小説家は読んでいた新聞から目を上げて、

「その子は、あんたの双子の姉さんなんだろう。うん？」

と、言った。

わたしは老小説家の冗談にはすっかり慣れていたので、

「それか、妹か」

と、答えた。

「アタシは前から知ってたんだ。おまえさんが双子だっていうのはさ。こんなちっちゃいときからだよ。タタン姉妹は双子だったんだから」

老小説家が嬉《うれ》しそうに自説を開陳すると、奥のほうでバヤイが静かに異議をとなえた。

「タルト・タタンは十九世紀にフランスのタタン姉妹が経営していたホテル・タタンの厨房《ちゅうぼう》で誕生したが、アップルパイを作ろうとして失敗したステファニーと、その妹

のカロリーヌのばやい、顔はそんなに似ていない。姉妹であるという記録はあるが、双子だったという記述はない」

「え？　そうなんだっけ。アタシャ、双子だって信じてたよ」

そんな会話を二人がするのを聞きながら、わたしはトモコに話しかけた。

「よかったら、ここに座ってて。わたしはマスターの手伝いをするから」

トモコは赤い樽にちょこんと腰かけた。そして、ランドセルから図書館で借りた本を取り出して読み始めた。

カウンターの向こう側に入って、エプロンをつけ、シンクの食器を洗い始めると、マスターが少し笑いながら、

「新しい遊びか？」

と、たずねた。

「新しい遊び友だち」

と、わたしは答えた。

マスターはふふんと笑った。

洗い物を済ませると、マスターがホットミルクを出してくれたので、マグカップを持っていき、わたしとトモコはいっしょに赤い樽に座って、一杯のミルクを分けて飲

んだ。体をくっつけて座っていると、もしかしたらわたしはこの子とほんとうに双子なのかもしれない、というような妄想がむくむくと芽生えてきた。それに気づいたのか、気づかないのか、唐突にトモコが言い出した。

「わたしたちはもしかしたらほんとに、双子だったかもしれない」

「双子？」

「そういえば、わたしたち、似てると思わない？」

わたしたちは連れ立って化粧室に行き、鏡の中に映った姿を確認しあった。たしかにわたしたちはよく似ていた。髪型や服装が似通っていたし、背の高さも肉付きもおんなじくらいだった。鏡を見たまま、わたしたちは笑った。笑った顔もよく似ていた。

わたしたちは連れ立って、また赤い樽まで戻った。そして「双子」トークを続けた。

「双子だったのに、別れて住んでる？」

「そう。『ふたりのロッテ』みたいに」

「『ふたりのロッテ』を読んだことがあるの？」

「あるよ」

「お父さんとお母さんが離婚して、別々のところに住んでるってこと？」

「そう。だけど、うちにはお父さんもお母さんもいるから、うちのお母さんがわたしたちを生んでから離婚して、ほかの人と結婚したのかもしれない」

「じゃあ、うちのお父さんがトモちゃんのお母さんと離婚して、ほかの人と結婚して、その人がうちのお母さんてこと?」

「ややこしいね。『ふたりのロッテ』はダメだね」

「サンインで取り違えられるのはどうかな」

「それはいいね。サンインで取り違えられようよ」

サンインというのは、もちろん「産院」のことだけれども、「産院で取り違えられた子ども」という文脈でしか、わたしはその言葉を知らなかった。

「うちのお母さんが双子の赤ちゃんをサンインで生んで、一人だけ、誰かと取り違えられるんだよ」

「だけど、取り違えられたとしたらさ、もう一人赤ちゃんがいることになるよね」

「どういうこと?」

「トモちゃんのお母さんが双子の赤ちゃんを生むでしょ。トモちゃんはだいじょうぶだけど、わたしが誰かと取り違えられるとするでしょ。そうすると、取り違えられた、もう一人の赤ちゃんが、トモちゃんといっしょに育つことになるよね」

「ややこしいね。サンインで取り違えられるのはダメだね」

「じゃ、孤児院はどうかな」

「孤児院？」

「わたしたちは二人ともとっても貧乏な女の人から生まれた双子なんだけど、女の人はあんまり貧乏だったから自分で双子を育てられなくて、孤児院に預けるのね」

「それでそれで？」

「で、別々の家に引き取られるわけよ」

「それだ！」

わたしたちはそれぞれ、孤児院で二歳までいっしょに育ち、別々の家族に引き取られたわれわれの境遇を考えてみて、なんだかドラマチックで涙が出そうになった。

「やれやれ、そういう話なら」

と、わたしたちの話題に参加を表明したのは、白いひげをはやした老小説家だった。

「プロが手伝ってやろうじゃないか」

そう言うと、老小説家は手にしていた新聞をテーブルに置き、なにか懐《なつ》かしいことを思い出すような表情になった。

「アタシはおまえさんたちの母親が大きなお腹《なか》を抱えて、ここに迷い込んで来た日のことを覚えているんだよ」

「え？　ほんと？」

わたしたちはうっかり本気にしそうになった。老小説家は、にんまり笑った。

「それは、もうすぐ春が来ると言われながら、ちっとも暖かくならない三月の寒い日で、うつむき加減に店にあらわれたのは、まだ十八になったばかりの女の子だったんだ。

『コーヒーはやめておくわ。お腹の子どもに悪いもの』

女の子はそう言って、ホットミルクを注文した。

『お腹に子どもがいるのかい』

と、アタシはたずねた。言っとくけど、そのころはまだ、こんなに年取っちゃいなかったんだよ。

『ええ、あたしったら、どうしたらいいのかしら』

女の子はテーブルに肘《ひじ》をつき、細い指をカールした髪の毛の中に突っ込んで、頭を抱えるようにした。

『大学に行くつもりだったのよ。こんなことになるなんて考えもしなかったわ。お母さんには話せないわ。びっくりして死んじゃうかもしれないもの』

『相手は誰なんだ』

『聞かないで』

『行きずりの相手なのか』

『へんな言い方しないで。彼はアメリカ軍の兵士だったの。金髪にブルーの目をしていたわ』」

老小説家がそこまで言ったところで、トモコからクレームがついた。

「わたしたち、金髪や青い目のお父さんがいるようには見えないから、それはダメだと思う」

「そうか。それもそうだな。いや、アジア系アメリカ人だったんだ。金髪とブルーの目は訂正だ。黒い目と黒い髪だ。彼はベトナム系アメリカ人だったんだ。だからこそ、アメリカのベトナムへの介入には悩みに悩んだ末、軍隊を脱走したんだ」

「脱走？」

「良心的兵役拒否だ。不名誉なことではないぞ。おまえさんたちのお父さんに汚名を着せるのは誤りだよ」

老小説家が設定したストーリーによれば、わたしたちのお母さんは大学進学を目指していた高校三年生で、お父さんはルー・ジンという名前のベトナム系アメリカ人だった。

二人はベトナム反戦集会で知り合い、恋に落ちる。

そして、「アポロ十一号の月面着陸に興奮して、つい人類の未来を祝いたい気持ちになり」、「岡本理研のスキンレススキンを装着せずに」「ことにおよんだ」。

途中で、「岡本理研のスキンレススキン」の話が入ってしまったのは、神主がからかい半分に、

「だーって、あんた、気の利《き》いた子なら岡本理研のスキンレススキンくらい持ってるわよ」

と、言ったからで、もちろん、そのときのわたしにはその避妊具の事などさっぱりわからなかったのだが、「ことにおよぶ」というのがなにを指す言葉なのかは、文脈上、なんとなくわかったのであった。

「『だけど、一夜のことなのよ』と、女の子は言った」

そう、老小説家は続けた。

女の子は、まさか自分が妊娠するとは思っていなかったし、妊娠に気づいたときにはもう「処置できなくなっていた」のである。

「女の子には同情したよ。しかし、生まれてくる子どもにも罪はない。だから、アタ

シは相談に乗ってやって、子どもを取り上げたら」

「子どもを取り上げるの？」

「取り上げたらというのは、赤ちゃんを生む手助けをしたらってことだよ。そうしたら、すぐに心ある人たちのいる施設に預けよう。戸籍もそこで作ってもらおう。ということになったのさ。幸い、アタシもこういうヤクザな仕事をしていると」

「ヤクザなの？」

「ヤクザとヤクザな仕事は違うんだ。ヤクザじゃない。だけどまあ、公務員かヤクザかと聞かれたらヤクザに近いような仕事という意味だ」

「ふうん」

「幸い、アタシも公務員かヤクザかと聞かれたらヤクザに近いような仕事をしているから顔も広い。知り合いがやっている施設がある。どうせなら出産も、病院でするとややこしいので、そこにいるバヤイ先生にお願いしようということになった」

「え？　バヤイ先生に？」

「そうだよ。生物学の先生だからさ。ヒトのは経験がないが、動物の出産には何度も立ち会っている」

「いや、私の専門はサケウシと言いまして」

遠くの席から、バヤイが異議の声を上げたが、老小説家が黙っているようにと強いアイコンタクトを送ったので、静かになった。

「当日、湯を沸かして手伝ったのは、アタシとそこにいるマスターだがね」

マスターはなにも言わずに、下を向いてくすっと笑った。

「バヤイ先生の勤務先の研究所で、アタシたちはおまえさんがたを取り上げたわけだ。おまえさんのほうは出てくるなりピィピィ泣いたんだが、もう一人のほうは虫の息でね。お尻《しり》をぴしゃぴしゃやって、ようやく泣かして、この世に送り出したんだぜ。それから女の子を友だちの家に送り届けて、その足で町はずれの山の麓《ふもと》にある施設に赤ん坊を連れて行った。キリスト教の施設だったから、やさしいシスターが二人で出迎えて」

と言ったところで、参加したくてうずうずしているらしき神主の顔が目に入った老小説家は、

「いや、神社の関連の施設だったもんだから、やさしい巫女《みこ》さんが二人で出迎えてくれたんだよ。そのとき双子はスヤスヤ寝ていてね。そりゃあ、天使みたいな寝顔だったよ。それきり、おまえさんがたに会えると思っちゃいなかったから、ここにあらわれたときはびっくりしたもんだ」

わたしたちは、すっかり感心した。わたしたち二人に、そんな過去があるとは、つぃぞ想像したことがなかったのだ。

「戸籍をでっち上げたり、役所に届け出たりするのは、そこにいらっしゃる政治力のある神主さんがやってくださったわけだ」

「まあ、あたしを通せばたいていのものはうまく行くわね」

地元名士である神主は、まんざらでもないように鼻をぴくつかせた。

このようにして、わたしたちは小さな孤児院で二歳までを過ごし、それぞれ別の家庭にもらわれていった。

「だけど、いつか二人は出会う運命であったわけさ。なぜなら、この店の名前『レッド・バレル』は、赤い樽という意味だが、おまえさんたちの親父《おやじ》のルー・ジンのコード名でもあったんだ」

「コード名？」

「そう。ルー・ジンは、おまえさんたちのお母さんや、日本の反戦グループの助けを借りてアメリカに帰国したのちは、ベトナム反戦運動の闘士として名を馳《は》せたんだ。赤き血のバレル。ルー・ジンは名前で、苗字《みょうじ》はバレルだったんだ。ルー・ジン・バレル。赤いバレル。それが、おまえさんたちの親父の名前だ。おまえさんたちを生んだ母親は、この店を見つけたときになにかを感じたんだろうね。そして、願をかけておいたんだ。樽に願いを。いつの日か娘たちが巡り合えますように。この、子どもたちの父親の名前のついた店で」

「ほんとなの？」

わたしとトモコは目を丸くした。

「ほんととは？」

「いまのは全部、ほんとの話？　それとも嘘《うそ》？」

「なぜ、そんなことを聞くんだね」

「だって。そんなこと、いままで聞いたことなかったんだもん」

「だって。なんか、ほんとのことっぽいんだもの」

わたしたちは口々に老小説家にせまった。小説家は、嬉しそうにも、困り果てたようにも見えた。そして、一本指を立ててそれを口に当てた。

「さてさて、お嬢さん」

と、老小説家は言った。

「小説家に聞いちゃいけない質問が一つだけある。『それはほんとう？　それとも嘘？』ってやつだ。これだけは、絶対に、聞いてはいけない。ほんとだよ。答えはまず返ってこない。さて、お爺《じい》さんは疲れたから、外で一服してくるよ」

わたしたちは、老小説家が悪い脚を引きずるようにして、裏のドラム缶の置いてある喫煙スペースに行くのを見送った。

そして、そのときには高校生の女の子とルー・ジン・バレルの恋物語が作り話だとは、ぜんぜん思えなくなっていて、それからしばらくわたしは家に帰っても、両親をどこかよそよそしく感じたくらいだ。

トモコといっしょに過ごした期間は長くない。

というのも、その年にわたしはその町を引っ越してしまうからだ。改めて振り返ってみると、あんなに仲良くなったトモコといっしょにいたのは、ほんの一、二か月のことではなかったのか。実際、彼女が転校してきたのは、ちょうどわたしがあの町を離れることを両親に聞かされたころだったかもしれない。

わたしはトモコといっしょに、喫茶店の裏庭にあるミモザの木の下を掘ってみたことがある。なぜ、あのとき、そこを掘り出してみようと思ったのかは、忘れてしまった。そこには、小学校の一年生のときにわたしが埋めた宝物が入っているはずだった。

タイムカプセルのことをどこかで耳にするか読むかしていて、自分でもやってみようと思ったのだろう。おそらく、引っ越し前に確認しておこうとでも思ったものか。

トモコといっしょに、土を掘り返していたら、かつんと音がして、四角いクッキーの缶にぶつかった。

「これかな」

「これだよ」

「クッキーの缶に入れたの？」

「覚えてない」

「でも、誰かが埋めなきゃ、こんなところに缶はないよね」

「たぶん、これだよね」

わたしたちは、せっせと周りの土を取り除《の》け、埋もれたクッキー缶を救いだした。開けるときはとてもドキドキしたが、大したものは入っていなかった。たしか、比較的いい点数を取った国語のテストが一枚と、自分では出来がよいと思っていた泥団子（これは粉々になっていた）、それから入れ歯が上下一対、入っていた。

「なにこれ？」

と、トモコがたずねた。

「おばあちゃんの入れ歯」

「おばあちゃんの？」

「焼き場で、燃え残るといけないからって外したの。うちにあったんだけど、お母さんが捨てるっていうから、嫌だって言ってもらってきて、ここに埋めたの」

「おばあちゃんの入れ歯かあ」

わたしとトモコは、いったん出したものを缶に戻して、もう一度地中に埋めることにした。そのときに、わたしたちはお互いに手紙を書いた。二十年したら開けてみようと約束して。

「二十年経《た》ったら、いっしょにここに来て開こうね」

「そうだね。さもなきゃ死ぬかどっちか」

そう、トモコが言った。

「二十年後に、ここに来るか、さもなきゃ死ぬかってこと？」

なんだかわけがわからなかったので、わたしはトモコにたずねてみた。

「そう。さもなきゃ死ぬかどっちか」

トモコは繰り返した。結局、なにが言いたいのかわからなかった。

わたしはトモコといっしょに『レッド・バレル』に行った。その日のことだったのか、あるいは数日後のことだったかもしれない。ともかく、引っ越しが近くなった日だった。老小説家とマスターに事情を話した。おそらくバヤイもそこにいた気がする。

「わたしの代わりに、トモコが来るからだいじょうぶ」

と、マスターには話した。わたしなりに、あのころはマスターの補助をしているつもりだったので、残されたマスターにも助手が必要だろうと思ったのだ。トモコにもよくよく頼んであったのだが、相変わらず、無口なマスターは下を向いてくすっと笑っただけだった。

バヤイも黙ったままだったが、老小説家は言った。

「タタンがいなくなって、トモコが残るのかね?」

「うん、そう」

と、わたしは言った。

「だから、なんにも変わらないんだよ」

「そうかね。タタンが残るんじゃないのかね。アタシにはなんとなくそんな気がするんだが」

双子ならさ、と老小説家はつけ加えた。

実を言うと、そのことを思い出したのは、ごくごく最近のことになる。あの町を出て、もう三十年以上、下手すると四十年近くなり、その間、ほとんど、あの町のことも、喫茶店のことも思い出さなかった。トモコと約束をしたのに、彼女と連絡を取ることすらしなかった。だいいち、わたしたちは連絡先を交換したのだろうか。

この物語を書くにあたって、わたしはほんとうに久しぶりにあの町をたずねた。私鉄の駅を降り、バスに乗り継いで、住んでいた団地をたずねた。若木だった桜が幹を太くして枝を広げていた。同じ形をした建物が並ぶ団地の風情《ふぜい》は変わらないが、懐かしいと感じるほどのなにかがあるわけではない。

昔畑だった土地にはファミリーレストランやコンビニエンスストアが並んでいる。坂の上の公園も、もうなくなってしまった。坂を下りたところにあった古い煙草屋《たばこや》の場所には、新しい家が建っていた。

わたしの通ったあの喫茶店が、まだそこに建っていて、ちりんちりんと鈴を鳴らして入ることができたらどんなによかっただろう。年を取ったマスターがそこにいて、老小説家はさすがにもう鬼籍に入っただろうけれど、あの爺さん、最後まで口は減らなかったんだよ、なんてことを話せたら楽しかったかもしれない。

けれども、そこに店はなく、ミモザの木もなく、コインパーキングがあった。

そうだ、店の入り口と裏庭に、一本ずつミモザの木があったのだと思い出して、ふいに、トモコと二人で埋めた缶の記憶がよみがえったのだった。二十年後にいっしょに開けに来ようと言っていたのだった。それを思い出しすらせずに、それからさらに十五年ほどの月日が流れている。

わたしとトモコが埋めた缶は、コインパーキングを造るときに掘っくり返されて、ごみとして回収され、どこかに処分されただろうか。あの手紙はもうすでに、どこかで塵《ちり》になってしまったんだろうか。

しかしそもそもわたしは、トモコに手紙など書いたのだろうか。トモコとはいったい、誰だったんだろうか。

引っ越すんだよ、トモコ。

そう、父が言った。

お父さんの仕事で、外国に行くことになった。お母さんとトモコも行くんだよ。だから、学校の先生に挨拶《あいさつ》をして、だいじな友だちにはきちんとお別れを言っておくんだよ。いつもお世話になっているマスターや小説家の先生にも、ちゃんと話してくるんだよ。

今度の日曜日には、お父さんとお母さんもいっしょに店にご挨拶に行くわよ。あっちへ行ったら、言葉を覚えるのがたいへんだけど、きっといろいろ楽しいこともあるわよ。

そう、母が言った。

トモコが小学校の校庭にあらわれたのは、たぶん、そのころだ。

わたしがあの店に置いてきたのは、誰だったんだろうか。

老小説家は、わたしが引っ越すと知ったときに、一冊の分厚い大学ノートと一ダースの鉛筆をくれた。

「タタン、おまえさん、物書きになるんじゃないのかね」

そう、彼は言った。

「向いているように思うんだが」

ノートの表紙には、老小説家の立派な毛筆で、

「トモコ」

と、書いてある。

「ここにおまえさんの苗字を書いてもいいんだが、嫁に行くと変わっちまうかもしれないからな。書かんでおく」

大正生まれの老小説家はそう言った。だから、名前しか書いてない。

　そのノートは、かろうじていまもわたしのもとにあり、中学や高校時代に書き散らした、書きかけの小説やストーリーの切れ端で、半分ほど埋まっている。もうさすがに、そこに新たになにかを書き込もうとは思わないが、時折、なにも書けなくて苦労しているときには、覗《のぞ》いてみたりする。

　ときどき、ベトナム系アメリカ人の反戦活動家、ルー・ジン・バレルの物語を考えてみることもある。貧しい移民の家庭で育ち、母や妹のために軍隊に志願してベトナム戦争に参加したが、同じ民族同士で戦うことの残酷さに耐えられず、休暇で佐世保に寄港したのを機に脱走し、それを助けた日本人の女子高校生と恋に落ちた。女子高校生は、こっそり双子を生み、双子は施設で二歳まで育ち、別々の家庭に引き取られて育つ。ルー・ジン・バレルはもちろん、自分に双子の娘が生まれたことを知らないままにアメリカで反戦運動をリードする人生を送るのだが、ある日、父のコードネーム『赤い樽』という名前のついたコーヒーショップで、偶然にも彼の双子の娘が出会ったことから、なにかが動き始める——。

赤い樽のある喫茶店で過ごしたわたしの幼少時代の物語はここで終わりになる。

あの店はもうないし、あそこにいた人々がどうしているのかもわからない。

とはいえ、わたしがこれを知っているというのは、ありがたいことだと思っている。

小説家には一つだけ、聞かれても答えなくていい質問がある。

解説

平松洋子

遠い記憶、それも幼い頃にまつわる記憶にはやっかいなところがある。

私についていえば、たとえばこんなことがあった。実家に行ったとき、なんの気なしに古いアルバムを引っ張り出してめくっていると、手札判の白黒写真の一枚に夏のワンピースを着ている十一歳の自分が写っているのだが、母にせがんで縫ってもらったこのワンピースと三つ編みの記憶は、小学生時代の記憶としてこれまで何十年も定着してきた。ところが、写真のなかでは耳の下でぱつんと切り揃《そろ》えたおかっぱ頭ではないか。あわてて老母に訊《き》くと、私が三つ編みをしていたのは幼稚園のときだったよと言うではないか。それは困る、私が私ではなくなってしまう。大事に抱えてきた記憶が宙吊《ちゅうづ》りになってしまった。おなじようなことはときどき起こる。引っ越して二度と会えないと思っていた一家がずっと近所に住んでいると知ったり、駅裏の駄菓子屋で線香花火を買ってもらうのが楽しみだったのに、いや、あのあたりには昔から住宅が建ち並んでいた、駄菓子屋はもっと遠くにあったと聞いたり。そのたび、記憶の一角が水を含んだ角砂糖みたいにぐずぐずと崩れる心地を味わう。

幼い眼は、まっさらなぶんだけ現実と虚構を奔放に混ぜ合わせる。そして、現実そのままより、想像や妄想や欲望を練り合わせてかたちをなした記憶のほうがリアルで堅牢《けんろう》なのはなぜだろう。本当は三つ編みじゃなかった、駄菓子屋は存在しなかったと知ったあとでも、記憶は修正されたりもせず、以前とおなじように、あるいはそれ以上の熱量をともなって種火を点《とも》し続ける——。

連作小説集『樽《たる》とタタン』は、長じて小説家となった女性が記憶の海を泳ぎながら紡《つむ》ぎだした九つの物語からなる。舞台は、三歳から十二歳まで九年間住んだ小さな町の、坂下にある小さな喫茶店。〝たるとたたん〟の響きは、もちろんあのすばらしきフランスの郷土菓子タルト・タタンを連想させて甘酸っぱい夢を誘うのだが、その細部には小説の企《たくら》みがふんだんに仕掛けられている。そもそも「タタン」という愛称を少女に与えたのは白い髭《ひげ》をたくわえた常連客の老小説家だという時点で、現実と虚構の境界は滲《にじ》み始めている。名付け親、つまりタタンの生みの親は言葉によって現実と虚構を自在にあつかう手練《てだ》れの小説家なのだから（その意味において、『樽とタタン』には都合三人の小説家の目が錯綜《さくそう》していることになる。三人目は、もちろん著者自身だ)。しかし、そんな緻密《ちみつ》な企てなど感じさせず、著者である中島京子さんは喫茶店の扉の向こうへ読者をするりと、いとも楽しげに誘いこむ。一ページ、また一ページとめくるたび、当代きっての小説家が紡ぎ出す世界に身を委《ゆだ》ねきる心地は掛け値なしにすばらしい。

『樽とタタン』は、読むたびに深度が増してゆく物語だ。まず、赤い樽のなかに居場所を見つけた少女はいったい何を見聞きするのだろう、と息を詰めて事件の行方を追いかける。老小説家が戦後すぐカストリ雑誌に書いた小文「羽咋直さんの一日」の秘密(『はくい・なを』さんの一日」)とか、赤い髪にサングラスをひっかけたラップワンピースの奇妙な女の正体(「ずっと前からここにいる」)とか、歌舞伎役者の卵トミーの色恋沙汰《ざた》(「もう一度、愛してくれませんか」)とか、小さな喫茶店は劇場さながら。奇妙で不可思議な人間模様に引きこまれ、店の片隅に置かれた赤い樽の内側からおっかなびっくり外の世界を覗《のぞ》く少女とおなじ目線になっている。そしていつのまにか、鼻の奥まったところにこの愛すべき喫茶店に流れるコーヒーの香りが棲《す》むようになる。複雑で、人間味にあふれていて、孤独や寂しさを湛《たた》えた芳《かぐわ》しい香り。

ところが、物語が進むにつれ、様相は微妙な変化をみせてゆく。第四話「ぱっと消えてぴっと入る」。全体の中盤に措《お》かれたこの一編は、あたかも結界の入り口であるかのようだ。

田舎から子守のためによばれてきた明治生まれの祖母は、四歳か五歳の幼い「わたし」に、折りに触れ死にまつわる話をして聞かせる。

「おれはなあ、死んだらそれっきりだと思ってる」

人間は、電気のスイッチを切ったみたいに潔《いさぎよ》く、あっさり、きっぱりと死ぬのだと断じたうえで、こう続ける。

「『そのかわりによ』

祖母は、笑っているような、細い目をして、皺《しわ》だらけの顔をこちらに向けて言う。

『死んだら、ここんところへ、ぴっと入ってくんだ』

ぴっと、と言って祖母は、自分の胸を指さした」

祖母は、ほかの誰にもできない方法と言葉を使って「わたし」に生と死の意味を伝授し、ほどなく亡《な》くなると、「わたし」にとって初めての死者となり、「ぴっと」心のなかに入りこむ。未分化な幼児の内部で、生と死が交わるさまがきわめて官能的だ。物心がつく以前、外界にこわごわと指を伸ばすさなかに与えられた、〝死者にまつわる記憶が、いま生きている者に豊饒《ほうじょう》を与える〟という感得。タタンにとって安らぎの場としての赤い樽は、生と死が親しく交わる聖域でもあった。また、死者とは、この世にいない者だけを指すのではなく、この世に生きていても二度と会えない者でもあるだろう。記憶とは、喪失によってもたらされる果実。この恩寵《おんちょう》がもたらされたからこそ、「わたし」は記憶の海に出入りする通行手形を得たのだった。

結界の先へ踏みこむと、そこには異界がゆらゆらと揺らめいている。たまに喫茶店に出入りしていた「学生さん」との交流をつうじて触れる、自意識という魔物（「町内会の草野球チーム」）。バヤイと呼ばれるサケウシ研究の第一人者と出会うのは小学三年生のときだが、河原の石の上に並んで腰かけ、クリームパンを分け合いながらバヤイが語る恋の話は身が震えるほど孤独で、しかも美しい。しかし、サケウシという生物の正体も杳《よう》として知れず、すべてが茫洋《ぼうよう》としている。それでも、「わたしはバヤイを知っているし、バヤイはサケウシを知っていた」のだから、とタタンは自分の記憶を全肯定する（「バヤイの孤独」）。しもやけの痛みや痒《かゆ》みによって語られるのは、不在という実在感の確かさ（「サンタ・クロースとしもやけ」）。高学年になって、いよいよ窮屈になった赤い樽のなかから出て皿洗いを手伝うようになった頃、マスターのお姉さんが連れてきた男の子が現れる（「カニと怪獣と青い目のボール」）。自分をトックンと呼ぶ小さな男の子は、かつて未分化だった頃の「わたし」のように、世界の端っこにちょこんと腰掛け、小鳥が囀《さえず》るように現実と虚構を行き来する。その姿が切ないものとして胸に迫ってくるのは、たったいまはカニや怪獣や夏みかんと不可分なトックンにも、タタンとおなじように赤い樽の外に出る日が迫っていることを私たちが知っているからだ。

最終話「さもなきゃ死ぬかどっちか」。タタンの本名はトモコだと明かされ、いくつかの謎解《なぞと》きがおこなわれる。この物語を書くにあたってトモコは四十年近くぶりにあの町へ足を運んでみるのだが、記憶を司《つかさど》るものすべて跡形もなく掻《か》き消えており、歳《とし》を重ねているはずのマスターの姿にも出逢《であ》うことは叶《かな》わない。

トモコは自分の記憶と向き合う。

「わたしがあの店に置いてきたのは、誰だったんだろうか」

ぜんぶ朧《おぼろ》。しかし、老小説家は物語の幕引きとして語り手のバトンを手渡し、こうしてトモコはあらたな物語のなかへ漕《こ》ぎ出したのだから、すべては真実。

ありとあらゆる記憶は、アメーバのように領域を滲ませながら歪《ゆが》んだり延びたり縮んだり、変幻自在を武器として生き長らえる。この強度にこそ物語のほんとうがあるのだと『樽とタタン』は語りかけてくるから、私は、記憶にすがって生きていってもいいのですよと赦《ゆる》しをもらった気持ちになるのだ。

タタンにも、赤い樽にも、喫茶店のマスターにも老小説家にもトミーにもバヤイにも、ページを開けば遥か遠くて確かな記憶に会えるから、この物語を何度でも読みたくなる。

（令和二年七月、エッセイスト）

この作品は平成三十年二月新潮社より刊行された。

青山七恵著

かけら

川端康成文学賞受賞

さくらんぼ狩りツアーに、しぶしぶ父と二人で参加した桐子。普段は口数が少ない父の、意外な顔を目にするが――。珠玉の短編集。

青山七恵著

繭

夫に暴力を振るう舞。帰らぬ恋人を待ち続ける希子。そして希子だけが知る、舞の夫の秘密。怒濤の展開に息をのむ、歪《いびつ》な愛の物語。

彩瀬まる著

あのひとは蜘蛛を潰せない

28歳。恋をし、実家を出た。母の〝正しさ〟からも、離れたい。「かわいそう」を抱えて生きる人々の、狡さも弱さも余さず描く物語。

彩瀬まる著

暗い夜、星を数えて

―3・11被災鉄道からの脱出―

遺書は書けなかった。いやだった。どうしても、どうしても――。東日本大震災に遭遇した作家が伝える、極限のルポルタージュ。

朝倉かすみ著

恋に焦がれて吉田の上京

札幌に住む23歳の吉田は、中年男性に恋をした。彼の上京を知り、吉田も後を追う。彼はまだ、吉田のことを知らないけれど――。

朝倉かすみ著

乙女の家

家族のクセが強すぎて、なりたい「自分」がわかりません。キャラ立ちできない女子高生の若菜、「普通」の幸せを求めて絶賛迷走中。

朱野帰子著

わたし、定時で帰ります。

絶対に定時で帰ると心に決めた会社員が、部下を潰すブラック上司に反旗を翻す！　働き方に悩むすべての人に捧げる痛快お仕事小説。

天野純希著

信長嫌い

信長さえ、いなければ——。天下を獲れたはずの男・今川義元。祖父の影を追った男・織田秀信。愛すべき敗者たちの戦国列伝小説！

いしいしんじ著

海と山のピアノ

生きてるってことが、そもそも夢なんだから——。ひとも動物も、生も死も、本当も嘘も。物語の海が思考を飲みこむ、至高の九篇。

井上荒野著

潤一

島清恋愛文学賞受賞

伊月潤一、26歳。気紛れで調子のいい男。女たちを魅了してやまない不良。漂うように生きる潤一と9人の女性が織りなす連作短篇集。

伊吹有喜著

カンパニー

離婚、リストラ予告、まさかのバレエ団出向——。47歳の青柳誠一は、「白鳥の湖」公演にすべてを賭ける。崖っぷちお仕事小説！

一木けい著

1ミリの後悔もない、はずがない

R-18文学賞読者賞受賞

誰にも言えない絶望を生きられたのは、桐原との日々があったから——。忘れられない恋が閃光のように突き抜ける、究極の恋愛小説。

上橋菜穂子著

精霊の守り人

野間児童文芸新人賞受賞
産経児童出版文化賞受賞

精霊に卵を産み付けられた皇子チャグム。女用心棒バルサは、体を張って皇子を守る。数多くの受賞歴を誇る、痛快で新しい冒険物語。

江國香織著

犬とハモニカ

川端康成文学賞受賞

恋をしても結婚しても、わたしたちは、孤独だ。川端賞受賞の表題作を始め、あたたかい淋しさに十全に満たされる、六つの旅路。

江國香織著

ちょうちんそで

雛子は「架空の妹」と生きる。隣人も息子も「現実の妹」も、遠ざけて——。それぞれの謎が絡まれ、織り成される、記憶と愛の物語。

小野不由美著

残穢

山本周五郎賞受賞

何かが畳を擦る音、いるはずのない赤ん坊の泣き声……。転居先で起きる怪異に潜む因縁とは。戦慄のドキュメンタリー・ホラー長編。

小野不由美著

魔性の子

—十二国記—

孤立する少年の周りで相次ぐ事故は、何かの前ぶれなのか。更なる惨劇の果てに明かされるものとは——「十二国記」への戦慄の序章。

小川洋子著

博士の愛した数式

本屋大賞・読売文学賞受賞

80分しか記憶が続かない数学者と、家政婦とその息子——第1回本屋大賞に輝く、あまりに切なく暖かい奇跡の物語。待望の文庫化！

小川洋子著　いつも彼らはどこかに

競走馬に帯同する馬、そっと撫でられるブロンズ製の犬。動物も人も、自分の役割を生きている。「彼ら」の温もりが包む8つの物語。

恩田陸著　夜のピクニック
吉川英治文学新人賞・本屋大賞受賞

小さな賭けを胸に秘め、貴子は高校生活最後のイベント歩行祭にのぞむ。誰にも言えない秘密を清算するために。永遠普遍の青春小説。

恩田陸著　私と踊って

孤独だけど、独りじゃないわ——稀代の舞踏家をモチーフにした表題作ほかミステリ、SF、ホラーなど味わい異なる珠玉の十九編。

荻原浩著　月の上の観覧車

閉園後の遊園地、観覧車の中で過去と向き合う男——彼が目にした一瞬の奇跡とは。過去／現在を自在に操る魔術師が贈る極上の八篇。

荻原浩著　冷蔵庫を抱きしめて

DV男から幼い娘を守るため、平凡な母親がボクサーに。名づけようのない苦しみを解き放つ、短編の名手が贈る8つのエール。

奥田英朗著　港町食堂

土佐清水、五島列島、礼文、釜山。作家の行く手には、事件と肴と美女が待ち受けていた。笑い、毒舌、しみじみの寄港エッセイ。

垣谷美雨著
ニュータウンは黄昏れて
娘が資産家と婚約!? バブル崩壊で住宅ローン地獄に陥った織部家に、人生逆転の好機到来。一気読み必至の社会派エンタメ傑作!

垣谷美雨著
うちの子が結婚しないので
老後の心配より先に、私たちにはやることがある――さがせ、娘の結婚相手! 社会派エンタメ小説の旗手が描く親婚活サバイバル!

越谷オサム著
陽だまりの彼女
彼女がついた、一世一代の嘘。その意味を知ったとき、恋は前代未聞のハッピーエンドへ走り始める――必死で愛しい13年間の恋物語。

越谷オサム著
いとみち
相馬いと、十六歳。人見知りを直すため始めたのは、なんとメイドカフェのアルバイト! 思わず応援したくなる青春×成長ものがたり。

コロッケ著
母さんの「あおいくま」
ものまね芸人コロッケが綴る母の教え「あおいくま」のこと、思い出の数々。人にとって大切なことが伝わる感動の生い立ちエッセイ。

こざわたまこ著
負け逃げ
R-18文学賞受賞
地方に生まれたすべての人が、そこを出る理由も、出ない理由も持っている――。光を探して必死にもがく、青春疾走群像劇。

佐藤愛子著　こんなふうに死にたい

ある日偶然出会った不思議な霊体験をきっかけに、死後の世界や自らの死へと思いを深めていく様子をあるがままに綴ったエッセイ。

佐藤愛子著　私の遺言

北海道に山荘を建ててから始まった超常現象。霊能者との交流で霊の世界の実相を知り、懸命の浄化が始まる。著者渾身のメッセージ。

佐々木譲著　警官の血（上・下）

初代・清二の断ち切られた志。二代・民雄を蝕み続けた任務。そして、三代・和也が拓く新たな道。ミステリ史に輝く、大河警察小説。

佐々木譲著　沈黙法廷

六十代独居男性の連続不審死事件！　無罪を主張しながら突如黙秘に転じる疑惑の女。貧困と孤独の闇を抉る法廷ミステリーの傑作。

佐野洋子著　シズコさん

私はずっと母さんが嫌いだった。幼い頃からの母との愛憎、呆けた母との思いがけない和解。切なくて複雑な、母と娘の本当の物語。

佐野洋子著　私の息子はサルだった

幼児から中学生へ。息子という生き物を観察し、母としてその成長を慈しむ。没後発見された原稿をまとめた、心温まる物語エッセイ。

佐藤多佳子著

しゃべれども しゃべれども

頑固でめっぽう気が短い。おまけに女の気持ちにゃとんと疎い。この俺に話し方を教えろって？「読後いい人になってる」率100％小説。

佐藤多佳子著

明るい夜に出かけて

山本周五郎賞受賞

深夜ラジオ、コンビニバイト、人に言えないトラブル……夜の中で彷徨う若者たちの孤独と繋がりを暖かく描いた、青春小説の傑作！

桜木紫乃著

ラブレス

島清恋愛文学賞受賞・突然愛を伝えたくなる本大賞受賞

旅芸人、流し、仲居、クラブ歌手……歌を心の糧に波乱万丈な生涯を送った女の一代記。著者の大ブレイク作となった記念碑的な長編。

桜木紫乃著

硝子の葦

夫が自動車事故で意識不明の重体。看病する妻の日常に亀裂が入り、闇が流れ出した——。驚愕の結末、深い余韻。傑作長編ミステリー。

三浦しをん著

私が語りはじめた彼は

大学教授・村川融をめぐる女、男、妻、娘、息子……それぞれの「私」は彼に何を求めたのか。人間関係の危うさをあぶり出す、連作長編。

三浦しをん著

ビロウな話で恐縮です日記

山積みの仕事は捗《はかど》らずとも山盛りの趣味は無限に順調だ。妄想のプロにかかれば日常が一大スペクタクルへ！ 爆笑日記エッセイ誕生。

新潮文庫最新刊

塩野七生著
小説 イタリア・ルネサンス1 ―ヴェネツィア―
地中海の女王ヴェネツィア。その若き外交官がトルコ、スペインに挟撃される国難に相対する！ 塩野七生唯一の傑作歴史ミステリー。

西村京太郎著
十津川警部 赤穂・忠臣蔵の殺意
「忠臣蔵」に主演した歌舞伎役者と女子アナの心中事件。事件の真相を追い、十津川警部は赤穂線に乗り、「忠臣蔵」ゆかりの赤穂に。

池波正太郎著
スパイ武士道
表向きは筒井藩士、実は公儀隠密の弓虎之助は、幕府から藩の隠し金を探る指令を受けるが。忍びの宿命を背負う若き侍の暗躍を描く。

阿部和重
伊坂幸太郎著
キャプテンサンダーボルト 新装版
新型ウイルス「村上病」と戦時中に墜落したB29。二つの謎が交差するとき、怒濤の物語の幕が上がる！ 書下ろし短編収録の新装版。

西條奈加著
千両かざり ―女細工師お凜―
女だてらに銀線細工の修行をしているお凜は、神田祭を前に舞い込んだ大注文に天才職人時蔵と挑む。職人の粋と人情を描く時代小説。

山本文緒著
アカペラ
祖父のため健気に生きる中学生。二十年ぶりに故郷に帰ったダメ男。共に暮らす中年の姉弟の絆。奇妙で温かい関係を描く三つの物語。

樽《たる》とタタン

新潮文庫　な－106－1

令和二年九月一日発行
令和二年十月五日三刷

著者　中《なか》島《じま》京《きょう》子《こ》

発行者　佐藤隆信

発行所　株式会社　新潮社
郵便番号　一六二―八七一一
東京都新宿区矢来町七一
電話　編集部(〇三)三二六六―五四四〇
読者係(〇三)三二六六―五一一一
https://www.shinchosha.co.jp

価格はカバーに表示してあります。

乱丁・落丁本は、ご面倒ですが小社読者係宛ご送付ください。送料小社負担にてお取替えいたします。

印刷・大日本印刷株式会社　製本・加藤製本株式会社

ISBN978-4-10-102231-4 C0193